Celle qui s'aime enfin

Dominique Lagrou Sempere

Celle qui s'aime enfin

Roman

Flammarion

82, rue Saint-Lazare CS 10124
75009 Paris

ISBN : 978-2-0802-9584-2

À Mathilda et Esteban,
mes enfants, mes soleils.

À Claude et JF,
les hommes de ma vie,
avant et après l'orage.

À mes parents.

« Belle, oui, belle de cette beauté que donne à un visage de femme le grand air de la liberté, belle, gaie, douce, attentive, distraite, insouciante, fatiguée, légère, insupportable, adorable, désordonnée encore et lente, très lente et libre et belle comme la vie : il me reste à faire entrer dans cette beauté vivante la lumière noire de ta mort comme un détail en plus, un comble de désordre et de grâce, oui, de grâce. »

Christian Bobin, *La Plus que Vive*

« Car c'est bien le bonheur qui a guidé sa vie la plupart du temps. Il fut son complice, son allié, et c'est ce bonheur, dont elle percevait si bien les contours et l'essence, qu'elle s'est efforcée, tout au long de sa vie, de distribuer et de partager. Son intelligence la portait vers les autres, sa générosité ne laissait aucune place à la bassesse ni à la malveillance. »

Denis Westhoff, *Sagan et fils*

« On n'invente pas à partir de rien, on ne peut rien raconter si l'on n'a rien vécu. Il faut du vrai pour fouiller dans sa mémoire et trouver de quoi en faire une représentation, au théâtre de soi. »

Boris Cyrulnik, *Sauve-toi, la vie t'appelle*

1

Victor,

J'ai tout prévu. Les trois bouteilles au pied du lit. Du vin rouge, c'est meilleur, plus raffiné que du whisky ou de la vodka en pareilles circonstances. De toute façon, je déteste l'alcool fort, qui brûle la gorge. J'aime celui qui coule doux comme du miel. J'ai retrouvé plusieurs boîtes de médicaments dans l'armoire de la chambre d'amis il y a quelques jours. Peut-être qu'ils sont périmés. Ce n'est pas un problème. Ils feront l'affaire si j'avale tous les cachets en une seule prise. Ils me feront davantage d'effet. J'ai tiré les rideaux. Ils ne laissent filtrer qu'un fin trait de lumière sur le parquet de la chambre. Il est coriace, ce soleil, aussi têtu que moi. Pas grave, si je ferme les yeux, je ne le verrai plus.

Il faut que je me concentre sur ma respiration, c'est ce que me conseille toujours mon professeur de yoga quand je me perds, quand mon cerveau divague et que mes pensées s'éparpillent. Me recentrer sur l'inspir et savourer l'expir une dernière fois. Je dois faire le vide pour faire pleinement s'épanouir cette seule et unique pensée qui ne me quitte plus : ne plus souffrir, je ne veux plus jamais souffrir. Je veux rester seule aujourd'hui. Je sais que personne ne viendra, je ne veux voir personne, même pas toi, Victor. Pardonne-moi. Je veux juste rester seule. C'est sans appel. Surtout ne plus déranger. Je ne veux plus déranger. Personne.

Toscane
1er octobre 2019

2

Toscane désire-t-elle mourir ? Pourquoi y pense-t-elle ? Pourquoi élaborer un scénario comme l'on écrit un roman ? Peut-être pour s'assurer d'être capable de se tenir seule à la barre au moins une fois dans sa vie ? Planifier l'instant, le moment, comme l'on découpe une intrigue en chapitres. Et avoir enfin la main sur les événements, les rencontres et les personnages qui peuplent son univers, du titre à la conclusion, de la dédicace à l'épitaphe. Ne plus être surprise, déçue, trahie, quittée, abandonnée. Ne plus souffrir non plus, et n'avoir aucun autre choix que de s'évanouir à la fin de l'histoire, quand la dernière page du livre se referme. Hop ! Terminé. Point final. Ce matin, pourtant, en rédigeant cette lettre d'adieu à Victor, Toscane sait qu'elle ne maîtrise plus rien. Ni le sens de sa vie ni la direction à donner à ses pas, encore moins l'intrigue finale. Tout lui échappe. Elle se sent dépossédée de son existence, manipulée par un auteur omniscient, omnipotent qui s'amuserait avec elle, se jouerait d'elle, comme l'on tire sur les fils d'une marionnette, au vu et au su de tous.

En finir. Un point c'est tout. C'est tout ce que Toscane désire. Ce n'est pas si difficile. Une plaquette de gélules pour une gorgée d'alcool. Allez, hop ! Sans modération. Mais comment y parvenir quand elle-même ne sait rien, n'est sûre de rien ? Incertaine de se libérer en décidant de disparaître. Pour échapper à qui d'ailleurs ? Qu'il est aisé de se laisser happer, de glisser, anesthésiée, vers ce sentiment de soumission et d'abandon plutôt que de se débattre, se révolter et s'affirmer quand tout semble hostile. Moins douloureux, c'est vrai. Suicidaire, assurément. Alors écrire, c'est déjà ça. C'est déjà un bon début pour garder la tête hors de l'eau au moment où le corps commence à s'engourdir, puis se refroidit et ne répond plus, juste avant de sombrer. C'est sentir encore un léger filet d'air, même infime, entrer et se faufiler dans ses poumons. C'est rester vivante, encore un peu, un tout petit peu.

3

La première fois que Victor rencontre Toscane, c'est en Italie, en Toscane justement, il y a vingt ans. Ce genre de coïncidence le fait sourire. Il a appris à accueillir ces synchronismes de la vie. Victor produit depuis plusieurs années une chanteuse lyrique, qu'il accompagne ce soir d'octobre. Elle donne un récital dans la cathédrale de Sienne. L'artiste, d'envergure internationale, est devenue au fil des années exigeante, capricieuse, désenchantée et beaucoup moins attachante. Mais elle excelle. Sa voix le transporte. Malgré tout. C'est la seule raison pour laquelle il continue à travailler à ses côtés. Mais plus pour longtemps. Pourquoi le succès, la notoriété l'ont ainsi transformée ? La réponse n'appartient qu'à elle. Victor, lui, doit composer avec le temps qui passe et abîme parfois.

Sur la scène improvisée devant l'autel central, une violoniste accompagne l'artiste pour l'occasion. Victor ne connaît la musicienne que de nom mais il a beaucoup entendu parler d'elle. « Une merveille… » C'est ainsi qu'on la présente, d'une intensité rare, de celles qui éclairent même la nuit la plus sombre. Victor a entendu ces mots il n'y a pas si longtemps, à propos de cette jeune femme déjà remarquée dans le milieu. Ce soir, il la découvre à quelques mètres à peine de lui. Il est immédiatement subjugué par son charme, la douceur qui se dégage de ses gestes, la délicatesse avec laquelle elle agite la main, l'élégance de son maintien, du bas du dos jusqu'au creux de la nuque. Une pudeur enfantine la rend toutefois maladroite, un peu nerveuse quand elle installe son pupitre. Ne surtout pas attirer le regard. Rester dans l'ombre. Toscane a toujours eu peur de gêner. Ce manque manifeste d'assurance qui l'empêche d'être pleinement épanouie, la révèle intensément touchante. Victor la savait douée, il la découvre, dans cette église, singulière, troublante, complexe, captivante. Il est impatient de l'écouter, seule sur scène, libérée d'un orchestre. Fébrile, il profite de ces toutes dernières minutes de calme avant la tempête qu'il perçoit déjà monter et souffler à l'intérieur de lui.

Dès la première poussée d'archet, Victor est emporté. Aimanté, son corps entier est happé par la violoniste. C'est inattendu, soudain, intense, jouissif. Inutile d'entendre sa voix, de distinguer son visage qu'il aperçoit de profil, de caresser ses cheveux, d'embrasser cette bouche qu'il désire déjà sans le savoir. Le jeu de Toscane pénètre chaque parcelle de sa peau, les notes envahissent une à une les cellules de son organisme, comme un verre d'eau qui se renverse sur un morceau de tissu. Le liquide se faufile partout à folle allure et s'engouffre jusqu'à se dissoudre et disparaître dans l'étoffe en quelques secondes à peine. La présence électrisante de la violoniste est d'une douce violence frustrante. Victor se reprend avec vigueur, secoue la tête tel un métronome réglé sur *prestissimo* pour chasser ce désir naissant. Ça, il sait faire. Maîtriser ses sentiments. Gérer ses émotions. Repérer puis appréhender le danger et fermer les écoutilles, surtout en terre inexplorée. Tel est son mode de fonctionnement depuis l'enfance. Il a appris à se protéger quand son père le frappait. Contrôler le mental pour anesthésier le corps. Calme, cérébral, parfaitement conscient de ses failles pour mieux optimiser ses ressources. Pourtant, le guerrier semble désarmé ce soir, lui qui n'a jamais baissé la garde de sa vie. Surtout ne pas fendre l'armure. Colmater les brèches. Trop dangereux d'aimer. Pas pour lui. Toscane ne doit se rendre compte de rien.

À la fin du récital, les deux artistes se lèvent, inclinent le buste, saluent le public d'un geste de la main. Le sourire lumineux de la violoniste éclipse le regard blasé de la soliste. Quand elle joue, cette femme se donne à cœur ouvert, généreuse, charnelle et solaire, impulsive, instinctive. Victor l'a su, immédiatement.

Il va falloir tenir Toscane à distance, à sa juste place. Le périmètre doit rester bien défini. Ne pas s'attacher. À personne. Ni à elle. Victor s'est toujours interdit de s'éprendre, de s'abandonner. La peur de se perdre peut-être. L'angoisse de souffrir à nouveau sans doute, d'être maltraité. Son enfance violente a laissé des traces. Un corps blessé qu'il protège contre toute offensive, si douce, réconfortante et vitale soit-elle. Toscane doit rester la musicienne, la belle rencontre, pourquoi pas l'amie, qui illumine des instants de vie sans jamais les faire basculer. Mais ne jamais franchir la frontière du cœur. Parce que c'est évident que ces deux-là sont faits pour se rencontrer, s'entendre et partager. Confidents, complices, amis, ce que vous voudrez, mais certainement pas amants. Que les choses soient claires. Victor n'est pas prêt. Trop tôt aussi pour Toscane. Les écoutilles resteront parfaitement étanches.

4

Victor est une victoire à lui tout seul. Une victoire sur la peur, un triomphe contre la lâcheté d'un homme qui lui a volé son enfance. Son père était menuisier. Les mains larges, sèches et calleuses à force de travailler le bois. Il pouvait le modeler à sa guise, le mater, le dompter à coups de rabot, de vilebrequin, de fraise à goujon et de scie à tenon. Les copeaux explosaient de toutes parts, égratignaient sa peau, enfouissaient des échardes dans ses doigts, les cheveux en bataille, la sueur dégoulinant sur le front, la paume large écrasée sur la surface plane. Victor s'est toujours caché pour regarder, à travers la fenêtre, son père œuvrer dans l'appentis, au fond du jardin. Comme pour s'assurer que cette main pouvait avoir une part de douceur quand elle ne fauchait pas son corps d'enfant. L'indocilité de Victor l'a sans doute protégé. Personne, aucune injonction, aucun ordre, pas même une arme n'a jamais pu l'apprivoiser, alors certainement pas la violence d'un père envieux de la détermination de son fils à être libre et le demeurer. La mère de Victor a encaissé les coups pour épargner son garçon quand elle le pouvait. La maison est restée muette toutes ces années, privée de mots d'amour et de gestes de tendresse jusqu'au départ de Victor à sa majorité. Libre et sans mémoire. Avide de caresses et d'affection. Il n'a plus jamais revu ses parents. N'a pas même jeté un regard en arrière quand il les a quittés.

Échapper à un passé douloureux pour accueillir des lendemains incertains : Victor s'est construit comme ça, de petits boulots en rencontres fortuites. Pas besoin d'être aimé pour survivre. Indépendant et confiant en la seule personne qui ne l'ait jamais trahi, le petit garçon qu'il était, l'homme qu'il est devenu. Quand il avance, Victor est rassurant. Quand il parle, à voix basse et mesurée, il est écouté. Quand il agit, on le suit. Il en impose car il n'a rien à cacher. Aucun rôle, aucune fioriture, pas de masque. Il n'attend rien quand il donne. Il avance, droit devant, dans cette vie qui ne l'a pas ménagé et qui désormais lui doit bien ça : lui donner d'être heureux et pourquoi pas d'aimer, un jour, lui aussi. Mais c'est encore prématuré pour qu'il l'accepte. Victor a pris soin de tout verrouiller depuis longtemps. Enfin, c'est ce qu'il pensait, jusqu'à cette rencontre avec Toscane.

5

Un prénom n'est jamais donné au hasard. Il a un sens, une couleur, une fonction. Regardez, Victor et sa *victoire*. À deux lettres près, son univers est dévoilé. Celui d'un petit garçon qui a réussi à grandir et à trouver sa place alors qu'il aurait pu disparaître comme l'on fait taire l'insoumis. L'endurance et la persévérance de Victor, sa plus belle victoire. Sa survie.

Maintenant, prenons Toscane, puisqu'il s'agit d'elle :

Sens : *La Toscane est une région du centre de l'Italie. Sa capitale, Florence, abrite une partie de l'art de la Renaissance, la plus connue et reconnaissable au monde, notamment le* David *de Michel-Ange, les œuvres de Botticelli. Elle fait résonner sur ses terres les noms de Dante, Machiavel, Léonard de Vinci.*

Couleur : *L'ocre de ses champs à perte de vue, le rouge des grappes de raisin de ses vignobles* *précieux, le soleil couchant sur sa nature verdoyante.*

***Fonction** : Terre de vacances, de soleil, d'amour, de bon vin, d'élégance, de volupté, de vie.*

Toscane est ainsi. Flamboyante, lumineuse et gourmande. Son prénom est une évocation à lui tout seul. Il respire la féminité, la sensualité et la maternité. Cette définition est un cadeau pour Toscane mais elle n'a pas encore pris la peine de le déballer. Pour l'instant, il ne s'agit que d'une invitation au voyage dans ce pays qui l'a vue naître mais dans lequel elle n'a plus aucune attache. De la Toscane, elle ne garde que des souvenirs parcellaires qu'elle cloisonne bien au chaud, dans sa mémoire, chacun à sa place. À manipuler avec précaution. Surtout ne pas remuer le passé.

Toscane n'est jamais retournée là-bas. Elle a volontairement refermé le livre des souvenirs de son enfance le jour du départ de son père. Envolée, l'insouciance d'une petite fille. Apprendre à vivre sans passé. Un mois plus tard, sa mère se suicidait. Toscane avait 10 ans. Alors, ce matin, lorsqu'elle tombe sur cet article troublant dans le journal, Toscane sent qu'un flot d'émotions incontrôlables rejaillit et fait vaciller les fondations qu'elle s'était pourtant efforcée d'ériger pour survivre. « La langue des oiseaux ou la face cachée des mots ». Le titre résonne en elle. Les mots ont-ils un sens caché ? Renferment-ils autre chose que leur définition première ? Existe-t-il, comme le précise l'article, une correspondance sonore des mots, invisible à l'œil, qui s'écoute et résonne dans une lettre, dans une syllabe comme un code mystérieux, crypté, qui attend d'être déchiffré ? Une musique à traduire, comme le chant d'une mésange... En langue des oiseaux, le mot « mésange » porte en lui une autre mélodie : « mes... anges ».

Toscane est absorbée par cette découverte. Depuis qu'elle est enfant, elle s'est toujours intéressée à la genèse des mots tout comme elle a toujours aimé vérifier leurs définitions. Sans le savoir, elle a peut-être toujours utilisé cette langue. Mais d'où vient-elle ? Il est écrit que pour certains, la langue des oiseaux est, à l'origine de l'humanité, la langue originelle. Pour d'autres, elle pourrait remonter au XIXe siècle. Elle a d'ailleurs été renommée « la langue des anges ». Toscane est passionnée par ce mécanisme mental qui consiste à faire tournebouler dans sa tête, tel un pochon de pièces de Scrabble, chacune des lettres qui composent un mot, à la manière d'une anagramme, mais en plus affranchi, en ajoutant ou omettant une lettre, en décomposant les syllabes, en croisant les sons. Tiens, et ça donne quoi avec son prénom ?

TOSCANE...

Elle mélange les consonnes et les voyelles sur un morceau de papier. À l'encre noire, les lettres s'imposent, par ordre d'arrivée, intuitives, effrontées devant ses yeux empressés.

… N… O… T…

Tels des fantômes joyeux, invisibles, elles n'en font qu'à leur tête,

… E…

commencent leur mue et virevoltent dans son cerveau.

… S…

Elles prennent forme sous la plume,

… A…

puis,

… C…

Toscane s'approprie peu à peu son nouvel alphabet des oiseaux. Elle découvre pas à pas, note après note, le sens caché de son prénom.

N… O… T… E… S… A… C

Sept lettres pour remonter le temps, à la recherche d'elle-même. Quatre consonnes et trois voyelles pour réapprendre à faire connaissance. Toscane saisit à l'instant pourquoi elle a toujours aimé la sonorité de son prénom. Elle ne s'était jamais rendu compte qu'il portait en lui son identité. Toscane transporte en elle une note dans son sac, depuis sa naissance.

6

Toscane a été conçue une nuit d'été, au cœur d'un vignoble de cette région du centre ouest de l'Italie. Sa mère, Valentine, était inscrite au lycée français de Florence. Une très belle jeune fille, élancée, discrète, brillante, coiffure ébouriffée à la garçonne, tombée cette année-là éperdument amoureuse de son professeur d'italien. Quand elle accepte son invitation dans sa villa de San Gimignano ce soir-là, Valentine se sait perdu*e* comme ce *e* muet, égaré à la fin du mot. Elle a déjà conscience que leur union ne peut pas durer mais Valentine ne peut résister à cet amour aussi passionné qu'impossible. Elle a 17 ans. Il en a 37.

La lumière tombe doucement sur la terrasse à l'ombre des oliviers centenaires. Le salon de jardin en fer forgé blanc est un peu rouillé. Il est recouvert de coussins moelleux et multicolores, éclairés par le soleil couchant, luisant, rougeoyant. L'astre coule à l'horizon comme le jus d'une pêche bien mûre, à peine croquée, qui dégouline sur la peau d'un visage, s'échappe d'une bouche gourmande et dessine son sillon, en passant par le cou pour s'évanouir dans le creux des seins. La petite Italienne est née sur cette terre, un jour de printemps 1974, dans un jardin luxuriant, d'une passion interdite et dévastatrice. La Toscane coule depuis dans ses veines.

TOSCANE…

NOTESAC…

Une NOTE dans son SAC…

Depuis l'enfance, Toscane porte sa musique en bandoulière, comme unique compagne. Elle a très vite trouvé sa voie, est devenue violoniste comme une évidence. Elle n'a pas conscience qu'elle porte le soleil de l'Italie dans son prénom. Elle a toujours préféré se réfugier dans son ombre, la face sombre et douloureuse des souvenirs, comme le soleil qui se cache derrière des nuages menaçants.

7

Toscane a cheminé, sans jamais se plaindre, sans jamais poser ni question ni genou à terre. Disciplinée, passionnée, perfectionniste, sourde à ses propres suppliques. Ne pas déranger. Ne jamais déranger personne. Ne surtout pas réveiller la douleur du passé. Elle en a fait du chemin, la petite Italienne. Dix ans après la première rencontre avec Victor, Toscane est devenue l'une des musiciennes les plus douées de sa génération. Conservatoire national de Paris, Juilliard School de New York, Académie royale de Londres et diplômes en cascade. Un CV interminable, ponctué de nombreux prix et de distinctions prestigieuses. Son ascension est prodigieuse. Victor a toujours su qu'elle était différente, inclassable, exceptionnelle.

Mais Toscane continue de douter. Elle ignore pourquoi. C'est l'histoire de sa vie. Elle est rongée par son manque de confiance en elle. Elle sait qu'elle peut faire mieux, toujours mieux, qu'elle est encore loin du but qu'elle s'est fixé, toujours plus loin, toujours plus haut. Ah... la perfection. Toscane est tourmentée par cette quête impossible. Être parfaite tout le temps. Aspirer à toujours plus, toujours mieux. Travailler, persévérer, recommencer pour mieux refaire. Pour qui ? Pour quoi ? Personne ne lui a jamais demandé de faire ça. Toscane est consciente d'être sa pire ennemie. Elle en souffre à chaque instant, comme ce jour où elle est invitée à rejoindre les musiciens du Royal Philharmonic Orchestra de Londres sous la direction de John Fowley, l'un des plus grands chefs d'orchestre au monde. Toscane admire cet homme depuis qu'elle est enfant. Elle a travaillé dur pour obtenir cette reconnaissance, pour pouvoir jouer à ses côtés. Elle a tout donné.

Pourtant, une fois l'émotion et l'euphorie de l'annonce retombées, la musicienne repart au combat. Une lutte sans pitié contre elle-même. Il est impensable pour Toscane d'échouer à ce concert. Aucune autre option possible. Pas le temps de se perdre en autocongratulations. Il faut qu'elle soit à la hauteur de l'événement. Qu'elle en soit digne. Mais en est-elle capable ? Un sentiment d'imposture monte très vite en elle. Elle le reconnaît. Il est tapi, prêt à bondir pour gâcher l'instant. Elle l'attend comme chaque fois et ressasse cette petite rengaine destructrice dans le fond de son crâne : « Pourquoi moi ? » Elle n'arrive pas à le maîtriser. Il impose sa loi. Il la domine, l'écrase, la fracasse. Faire mieux, encore et toujours pour prouver qu'elle mérite sa place. Elle n'a pas le droit de se laisser aller. Ce serait si doux pourtant de savourer l'instant. Non. Pas le droit de souffler. « Et si je n'étais pas celle qu'on aurait dû inviter, ce soir ? » Toscane se répète les conseils que John Fowley a prodigués juste avant le début du concert : « Il faut travailler tous les jours, il faut que ce soit aussi facile et naturel pour l'artiste que de voler pour un oiseau, et on n'imagine pas un oiseau dire : “Eh bien, je suis fatigué, je ne vais pas voler.” » Le maestro a passé sa vie à persévérer, à apprendre et à composer. Elle doit faire comme lui. Pas le temps de se plaindre. Pas le temps de pleurnicher. Toujours avancer. Toscane doit continuer de voler. Ne surtout pas se poser.

Ce soir-là, aux côtés de Fowley, la musicienne n'a même pas conscience de partager un moment d'exception. Impossible de le vivre, encore moins de le savourer. Elle a le sentiment de ne pas le mériter. De l'avoir volé. D'être cette imposture. « Quand serai-je capable de profiter de l'instant, de le saisir pleinement ? » Toscane cadenasse cette pensée au plus profond d'elle-même. Elle doit progresser, encore et toujours. Tête baissée. Au risque de s'effondrer.

8

Ils se donnent toujours rendez-vous du côté de la fontaine, dans cette brasserie sans prétention, sans mémoire, ni pour l'un ni pour l'autre. Un endroit impersonnel qui est devenu leur repaire à Paris, année après année. Toscane et Victor le réchauffent à chacune de leurs retrouvailles, l'imprègnent d'eux-mêmes, autour d'un déjeuner improvisé ou d'un verre de vin partagé. Ils ont fait de cette brasserie leur nid, autour de la petite table en bois sombre au fond, à l'abri. Pour tout se dire, parfois pour rien du tout. Ils ont besoin de se voir, de se parler, de s'enlacer comme au premier jour de leur rencontre. Ils ont toujours eu besoin de ces moments complices d'amitié. Quelquefois, ils ne se voient pas pendant longtemps. Mais Victor sait qu'il respire mieux quand Toscane est à ses côtés. Elle ne peut vivre sans lui. Comme une partition sans clé de sol. C'est la même musique avec Victor.

Lorsque Toscane entre dans la brasserie, ce matin de fin d'automne, Victor est déjà attablé. Il a passé commande. Deux cafés brûlants. Il est tôt. Elle est en retard. Victor ne s'en étonne guère. Sa signature. Non pas qu'elle ne respecte pas l'autre. Non, au contraire, elle s'oublie toujours. Toscane est incapable de se concentrer sur une seule tâche. Mille pensées fusent dans sa tête à chaque instant et elle les accueille toutes. Elle ne peut les réprimer. Elle est comme ça, Toscane, généreuse, disponible, quitte à se laisser envahir, submerger. Elle pense qu'elle a encore du temps et finit par oublier l'heure. Quand Victor l'aperçoit, il remarque immédiatement ses yeux brillants et rougis. Toscane dépose son long manteau camel sur l'accoudoir du fauteuil en cuir. « Je ne comprends plus rien, Victor... » Sa voix est blanche et ses mots n'espèrent aucune réponse. Les mains de Victor, réconfortantes, rassurantes, saisissent et enveloppent celles de Toscane. Victor ne pose aucune question. Il sait qu'elle va poursuivre son récit. Il sait qu'elle ne sait pas cacher. Elle doit prendre le temps de retrouver sa respiration et les mots justes.

« J'ai reçu un coup de téléphone. Je ne pars plus à New York, Victor. Tout avait été pourtant décidé, organisé, validé au début de l'été avec le conservatoire. J'avais ma place. Tu te souviens ? On devait partir à la fin de l'année. C'est fini tout ça, Victor, je ne pars pas. Je suis la seule à ne pas partir, dans l'équipe. Je suis désemparée. » Toscane respire à peine entre deux mots. Elle en oublie la ponctuation entre les phrases. « Il m'a dit que c'était mieux ainsi qu'il avait consulté l'équipe que tout le monde était d'accord que ça allait être un marathon cette tournée : "Tu comprends Toscane c'est mieux ainsi." Il s'est empressé d'ajouter que ça n'avait absolument rien à voir avec la qualité de mon jeu sinon bien sûr il ne me l'aurait jamais proposé : "Tu penses bien ma chère Toscane ton travail n'est absolument pas en cause mais tu comprends comme c'est une première pour toi ce concert philharmonique à bien y penser je trouve ta nomination prématurée tu n'as pas suffisamment d'expérience je ne suis pas certain que tu aies les épaules assez larges surtout pour assurer les nombreuses séquences solistes je ne crois pas que tu en sois capable." »

Toscane marque une pause, essoufflée. Elle saisit la tasse disposée sur la table devant elle. Elle n'a même pas pris le temps de s'asseoir. Elle avale le café désormais tiède d'un trait puis reprend sur le même ton monocorde :

« Voilà ce qu'il m'a dit, Victor. Et il a ajouté que je savais faire plein d'autres choses. Que je ne devais pas m'inquiéter. Qu'il prendrait soin de moi. Et qu'il me renouvelait toute sa confiance évidemment. "Je compte sur toi pour continuer à travailler dur, insuffler des idées, je vais avoir besoin de toi pour d'autres aventures. Celle-ci, à bien y penser, n'est pas pour toi." Avant de porter le coup de couperet final, celui qui tranche, net, humiliant : "Tu sais, Toscane, il faut que tu comprennes que je souhaite avant tout te protéger, toute l'équipe du conservatoire veut te protéger. C'est trop risqué pour nous tous de t'embarquer dans cette aventure." Et devant mes yeux sidérés, de conclure, implacable, lapidaire : "Tu es fragile, Toscane." »

Aucune larme ne coule sur son visage. Elles sont restées figées dans le coin de l'œil, prisonnières. Plus aucune émotion ne transparaît. Elle est anéantie. Elle a déjà capitulé. Les derniers mots qui sortent de sa bouche se chargent de la punition finale, celle qu'elle s'inflige, son acte d'automutilation :

« Ma décision est prise, Victor. C'est fini. J'arrête définitivement le violon. »

Victor reste interdit. Il aurait préféré que Toscane explose de colère, qu'elle commande au serveur un double whisky qu'elle déteste pourtant. Elle l'aurait avalé cul sec juste avant d'en reprendre un autre, et puis un petit dernier et une cigarette aussi, elle qui ne fume pas. Elle est si drôle, Toscane, quand elle a trop bu. Elle a l'alcool joyeux. Elle tourbillonne et son rire emporte tout sur son passage. Une bourrasque enivrante de gaieté et de légèreté. Pas cette fois. Toscane est à terre, meurtrie, agonisante. Un raz de marée vient de l'engloutir, entraînant dans ses vagues gigantesques son corps minuscule qui n'a pas eu le temps de reprendre son souffle, qui disparaît déjà.

Toscane s'est réfugiée tout entière dans le noir. Comme si l'opérateur lumière avait éteint le projecteur qui l'éclaire. Victor ressent l'urgence. Il doit intervenir. Il doit lui dire quelque chose, lui tendre la main, la ramener sur le rivage. Il faut qu'il aille la chercher. Elle n'a plus pied. Il faut qu'elle retrouve sa respiration, qu'elle reprenne connaissance.

« Mais Toscane, tu es naïve ! »

Victor lui-même est saisi par les mots qu'il vient de prononcer. Ils sont sortis tout seuls. Ils se sont imposés à lui. Désinhibés, décomplexés. D'une telle violence. D'une telle justesse. « Tu es naïve ! » Face à lui, Toscane se liquéfie. Elle lui fait l'effet d'une boxeuse assommée par un coup de poing en plein visage, recroquevillée à terre sur le ring, la lèvre en sang.

« Tu es naïve, Toscane, répète Victor d'un ton désormais apaisé et assumé. Mais tu n'es absolument pas fragile, tu ne l'as jamais été et tu ne le seras jamais, et tu le sais, poursuit-il. La première personne que tu dois écouter, c'est toi, Toscane. Toi seule sais où se trouve ta force. Alors ne laisse jamais personne t'en faire douter. Jamais. Tu dois te relever, maintenant ! »

Toscane, désemparée, attrape son manteau puis disparaît. Victor n'essaie pas de la retenir. Il sait qu'elle doit rester seule un moment. Elle doit faire le vide pour parvenir à intégrer l'instant dans son mécanisme de pensée. Il ignore qu'elle a rédigé sa lettre de suicide juste avant de venir le retrouver ici dans cette brasserie, ce matin de fin d'automne.

9

Comment deux êtres qui s'aiment sans se le dire peuvent-ils être à ce point différents et complémentaires ? Quand l'une doute, l'autre avance, quand l'un persévère, l'autre s'éclipse. Le principe des vases communicants. L'inspir et l'expir. L'ombre et la lumière. La confiance et le doute. Indissociables pour vivre sauf si la balance est déséquilibrée.

Lorsque Victor s'accroche à la vie, Toscane la pulvérise en mille morceaux avant d'en avoir épuisé toutes les ressources. C'est ça, douter. Toscane a toujours préféré s'effacer pour éviter la confrontation et offenser. Elle préfère mille fois souffrir que de faire souffrir. Elle pense que sa seule présence peut blesser. Elle réussit même à se persuader qu'elle est responsable de tout ce qui l'entoure, des peines, des tensions, des échecs. Elle s'oblige à tout porter alors que personne ne lui demande rien.

Victor n'attend qu'une seule chose de son amie, qu'elle rééquilibre la balance. Il y va de sa survie. Il a bien senti que Toscane était à terre, touchée à vif dans la brasserie. Il ne l'avait jamais vue ainsi. Et si elle ne se relevait pas ? Jamais elle n'a annoncé vouloir abandonner le violon de la sorte, péremptoire, suicidaire. C'est la première fois que Victor est aussi inquiet pour la vie de Toscane. Il a touché son ego en plein cœur. Il fallait bien pourtant que quelqu'un le fasse un jour. Lui dise. Réveille cet ego endormi. Ce devait être Victor. Toscane n'aurait écouté personne d'autre que lui. Lui seul peut l'exhorter à s'affirmer, à s'imposer, à se respecter. Lui seul parviendra à la convaincre d'apprendre à dire « je ». Toscane doit cesser de s'excuser.

Rester vigilant, en alerte. Victor n'a plus que ça en tête.

10

Rentrer chez elle, le plus vite possible. Sortir les clés de son sac. Ouvrir la porte. À peine Toscane a-t-elle déposé ses affaires dans l'entrée de son appartement qu'elle se précipite sur son ordinateur. Sa lettre d'adieu se trouve sur le bureau. Cachetée. Bien en évidence. Encore abasourdie par sa rencontre avec Victor, Toscane veut comprendre, savoir, décoder ce qu'il a voulu lui signifier. Elle tape, fébrile, chacune des cinq lettres sur le clavier : N-A-Ï-V-E. Un mot se forme immédiatement devant ses yeux écarquillés. « Ça donne "vaine" si l'on continue de mélanger les lettres. » Toscane décrypte chaque mot à voix haute. « Tiens, "aviné" aussi… » Elle esquisse un sourire. C'est vrai qu'elle a l'impression de tituber. Elle prend le temps de s'asseoir à son bureau et de chausser ses lunettes en écaille. Elle cherche maintenant à trouver la définition la plus complète du mot « naïve », pour mieux détricoter son sens premier et comprendre pourquoi elle a été à ce point blessée par ces cinq minuscules lettres.

Naïf, *m. ;* naïve, *f. ; adj. :*
Sens 1 : *(généralement attribué aux choses) se dit de ce qui est naturel, simple, spontané. Synonyme : candide, ingénu, jeune.*
Sens 2 : *se dit d'une personne trop confiante, que l'on peut tromper facilement. Synonyme : crédule, niais. Valeur négative.*
Sens 3 *(art) : art pictural pratiqué par des peintres autodidactes au style naturel, qui s'écarte des écoles et de la tradition.*

Toscane est-elle « naïve » ? Impossible que cette question reste « vaine ». Pas maintenant. Elle doit savoir. Elle se doute bien que Victor a employé ce mot à dessein. Il lui a dit qu'il la trouvait « naïve ». Il a choisi délibérément ce mot. Il a visé en plein cœur, non pour la blesser mais pour la faire réfléchir, pour la pousser dans ses retranchements, pour la réveiller, la secouer, la faire réagir. Elle est naïve. Dans la bouche de Victor, il n'y a aucune malveillance, elle le sait. Il ne ferait jamais ça. Il n'est pas ce genre d'homme. Alors pourquoi est-elle à terre ? Ce mot la fracasse et elle sent bien que Victor non plus n'a pas compris sa réaction. Ce mot ne la lâche pas, surtout son sens premier. Oui, c'est vrai que Toscane s'est toujours sentie « naturelle, simple et spontanée ». C'est une qualité en effet. Mais en aucun cas elle ne se sent « crédule », encore moins « niaise ». Est-elle « une personne que l'on peut tromper facilement » ? C'est pourtant bien ce que précise le deuxième sens de la définition. Pourquoi associer ces notions de naturel, de spontanéité, de simplicité à des attributs de petite fille fragile qu'il faudrait protéger contre la cruauté du monde, vous savez, la gentille petite fille naïve que l'on peut facilement duper, berner, écraser à sa guise ?

Toscane ne s'estime pas fragile. Absolument pas. Elle a toujours ressenti une force qui émanait d'elle, un bouillonnement dans tout le corps, des orteils jusqu'à l'extrémité des cheveux. Tout vibre, résonne, tourbillonne en elle. Un souffle de vie parcourt en permanence chaque cellule de son être, inaltérable même quand il est en sommeil. « Tu es naïve, Toscane ! » Et si les mots de Victor étaient une invitation à l'être pleinement, naïve, à l'approfondir, à l'assumer, le revendiquer, haut et fort : naïve et fière de l'être ! Il lui veut du bien, Victor. Elle le sait. Son ami la connaît et l'aime pour ce qu'elle est. Celle qui tord le cou au sens premier d'une définition. C'est une combattante, Toscane. Et Victor souhaite par-dessus tout qu'elle se réveille, se rebelle et retrouve l'envie d'être elle-même, tout entière, comme l'indique le troisième sens de la définition, « naturelle », « autodidacte », une femme libre, affranchie, sans vergogne ni doute, une femme qui chemine loin des sentiers battus. Naïve. Pourquoi s'est-elle sentie attaquée ? Quelque chose de plus subtil se cache dans cet adjectif. Il faut qu'elle continue de mélanger les lettres. C'est une évidence.

NAÏVE… ANVIE…

À une lettre près, ça donne :

ENVIE

On y est, enfin ! Toscane sent cette ENVIE de faire exploser l'image de la femme fragile qui la maintient prisonnière d'elle-même. Voilà, c'est exactement ça ! Toscane saisit la signification intrinsèque du message de Victor. Il veut l'encourager à reprendre les rênes de sa vie, pour qu'elle s'impose comme elle est, naïve et confiante. Pour qu'elle reste du côté de la vie.

ENVIE… EN VIE

« Tu as raison, Victor. JE suis NAÏVE et pleinement EN VIE ! »

En rabattant l'écran de son ordinateur, Toscane s'aperçoit, surprise, que les heures ont filé. La journée aussi. La lumière au-dehors est incertaine. Par la fenêtre, la vie s'endort doucement entre chien et loup. Toscane sent que l'angoisse qui comprimait sa poitrine se relâche peu à peu. La lettre de suicide va attendre encore un peu sa mise à exécution. Elle la glisse dans l'étui de son violon. Il faut qu'elle aille retrouver Victor. Il faut qu'elle lui raconte ce gouffre dans lequel elle s'est enfoncée et dont elle ne peut s'extirper seule. Voir Victor. Accepter son aide pour espérer remonter à la surface et rejoindre le sentier sous les broussailles. Et puis, il y a autre chose aussi, de plus intime. La chaleur de son corps tout contre le sien. Et son souffle dans son cou. Ça fait si longtemps qu'elle n'a pas caressé la peau d'un homme. Revoir Victor. Là. Maintenant. De toute urgence.

11

La nuit vient de tomber sur Paris. Toscane roule vers Victor. Elle veut lui annoncer qu'elle est debout, lui crier qu'elle a compris ce qu'il voulait lui signifier. Le remercier, lui dire qu'elle est encore en vie. « Je suis vivante ! » Toscane articule chacune des lettres à voix haute – « V-I-V-A-N-T-E » –, comme pour se donner la force d'y croire. Sur le tableau de bord de la voiture, le voyant de la jauge du niveau de carburant est allumé. Toscane sait qu'elle doit refaire le plein. Pas le temps. De toute manière, il reste toujours un peu d'essence même quand l'aiguille du cadran indique que le réservoir est vide. « Victor m'attend. Combien de temps encore je peux rouler comme ça ? Oh, ça devrait suffire. J'irai demain à la pompe. Et puis ça ne m'est jamais arrivé de tomber en panne d'essence. Je réussis toujours à me débrouiller. Ça va tenir. »

La voiture vient de passer le pont de Grenelle. Toscane s'apprête à accélérer mais la pédale s'enfonce sous son pied, molle, sans réaction. Le moteur tousse puis s'étouffe avant de s'arrêter net. Elle actionne la clé de contact. EN VAIN. Cette fois, sur le tableau de bord, tous les voyants clignotent. Le véhicule est à sec. Plus une goutte d'essence pour le faire avancer. Les commandes ne répondent plus. La voiture continue de rouler sur quelques centimètres, entraînée par l'élan. Puis elle se positionne en douceur le long de la chaussée, juste après le passage piéton. Toscane ne contrôle plus rien. Elle n'a d'autre choix que de se laisser guider. Personne ne klaxonne autour d'elle. Elle constate que la voiture s'est garée toute seule, sans avoir été dirigée par sa conductrice. L'emplacement est parfait. Comme s'il avait été réservé pour elle. Elle ne gêne personne. Ni la circulation ni le passage des riverains. Toscane est hébétée. Elle a le sentiment d'être à nouveau dépossédée du cours de sa vie, de ne plus rien maîtriser. Son corps ne répond plus. Engourdi, anesthésié. Tout son être est à court d'oxygène. Elle imagine un gigantesque panneau stop devant son pare-brise. Sous ses pieds, le gouffre s'élargit à nouveau. Elle suffoque, elle qui se croyait pourtant engagée sur le chemin du retour à la vie. Redevient-elle à la fois NAÏVE et VAINE ? Toscane enclenche ses feux de détresse, saisit son téléphone portable et compose le numéro de Victor.

12

Lorsque le prénom de Toscane s'affiche sur l'écran de son téléphone, Victor sent un frisson glacé parcourir son dos. Il n'a pas eu de nouvelles de Toscane depuis ce matin et leur rendez-vous écourté à la brasserie. Il n'a pas souhaité la rappeler. Il a préféré qu'elle reprenne ses esprits seule. Il repense à son regard interloqué. Il a perçu, derrière la stupeur de son amie, une légère ombre de colère traverser ses pupilles. Ça l'a rassuré. Un peu. Comme un râle qui signifie que l'animal blessé n'est pas mort sur le coup mais qu'il se bat pour survivre, encore.

« Bonsoir, Toscane… »

Victor répond immédiatement à son appel. Il est soulagé d'entendre sa voix. Il sait qu'elle y pense depuis longtemps. Il sait qu'un jour ou l'autre, l'idée de disparaître se fera plus pressante, insistante, prédominante. Un matin où il sera déjà trop tard, où il aurait pu arriver à temps pour la sauver, cet instant où elle aura fait le choix de ne plus être de ce côté-ci de la vie, à ses côtés. Désemparée, perdue, condamnée. Tellement naïve. Victor chasse violemment cette pensée de son esprit. Impossible. Ce moment ne verra jamais le jour car il a confiance en elle. En sa force. Toscane est une instinctive et elle est là à l'autre bout du fil. Il est l'un des rares à ressentir sa puissance dans ce chaos intérieur, celle qui ne demande qu'à exploser en pleine lumière, comme un peintre torturé agite, d'un coup sec et parfaitement maîtrisé, son pinceau gorgé de couleur sur la toile encore vierge. Il sait que Toscane renferme en elle un trésor, qu'il va jaillir même si elle l'ignore encore. Il sait qu'elle est sur les flots. Le bateau tangue fort, certes, mais elle tient fermement la barre.

« Victor, je suis en rade. Panne sèche. »

La voix de Toscane dans le combiné s'évanouit puis, dans un souffle et de toute sa vigueur, s'impose à nouveau, franche, directe, authentique :

« S'il te plaît, viens me retrouver, j'ai envie de toi. »

Victor est déjà en route pour rejoindre Toscane, naïve, en vie… L'envie d'elle.

13

En attendant Victor, Toscane jette un coup d'œil dans le rétroviseur. Ce geste suffit à la projeter dans un flot de souvenirs qui cognent fort contre les parois de son crâne. Son cerveau s'active, chauffe, s'échappe. Il ne la laisse jamais tranquille. Toscane ne le maîtrise pas.

Dans ce véhicule en panne en plein Paris, la voilà happée, l'espace d'un instant, par l'image brutale d'une longue courbe d'asphalte qui serpente dans la campagne bourguignonne. Elle imagine une voiture qui perd subitement le contrôle. Son mari est seul dans le véhicule cette nuit-là. Toscane est en représentation à Paris. Lui vient tout juste de rentrer de New York. Lui, le brillant pianiste de renommée internationale, de quinze ans son aîné. Son pygmalion, son professeur, son amant. Quand la voiture heurte violemment le tronc d'un immense bouleau au bord de la départementale, à quelques kilomètres de la maison familiale, le choc est implacable, un petit quelque chose des *Choses de la vie* de Claude Sautet. A-t-il vu défiler lui aussi sa vie comme le personnage de Michel Piccoli au moment de son long tonneau au ralenti ? Les médecins sont formels, la mort a été instantanée : cage thoracique enfoncée et multiples fractures au crâne. « Il n'a pas eu le temps de souffrir, madame. » Elle se répète cette assertion des soignants en boucle, telle une logorrhée réconfortante qui l'aide à supporter l'insurmontable. A-t-il eu le temps de comprendre ?

Toscane sait que lorsque l'ambulance arrive sur le lieu de l'accident, les notes de son violon résonnent encore dans la nuit. La voiture est en miettes. Seul l'autoradio a résisté. L'*Adagio* lancinant de Samuel Barber se mêle aux sirènes tonitruantes des secours. Toscane est l'une des plus délicates interprètes de Barber. Son mari est le seul à avoir écouté cet enregistrement, le premier solo de Toscane. Elle voulait son avis avant de le présenter en public. Elle lui avait envoyé l'extrait quelques jours auparavant, quand il était encore à New York. Elle doutait évidemment. Mais il n'a rien répondu. Pas un message. Pas un mot. Il a pourtant été bouleversé en l'écoutant. Non seulement Toscane a du talent mais elle est différente des autres. Elle est brute, animale, sans détour… naïve… avec naturel et aisance. Il l'a toujours su. Il aimerait tellement qu'elle en soit consciente, qu'elle cesse enfin de douter. Il est fatigué de devoir sans cesse la réconforter.

Mais elle n'en saura rien. Il ne lui a rien dit, lui qui n'a jamais été très à l'aise pour partager ses sentiments. Par pudeur, par manque de temps, par lassitude, par jalousie aussi parfois. L'élève qu'il a formée, façonnée, protégée, aimée est en train de le supplanter. Il se sent vieillir, flétrir, se faner devant cette chrysalide sur le point de laisser un majestueux papillon prendre son envol, sans lui. Il a choisi de ne rien dire pour se protéger du temps qui passe et sépare parfois. Il a fermé les yeux pour ne pas voir.

Quand Toscane apprend que son mari écoutait son interprétation de l'*Adagio*, dans cette voiture cabossée en pleine nuit, elle hurle de douleur. Elle vient de perdre celui qui la maintenait en vie, sa boussole, celui à qui elle se raccrochait. Jusqu'ici, elle n'avait jamais pris la peine de prendre des virages, lancée à toute allure sur la ligne droite de sa vie. Une vie qui lui échappe mais dont elle se contente, par confort, par peur aussi de se perdre si elle change brusquement de direction, par manque de confiance en elle. Elle se retrouve seule, désormais. Il n'y a plus d'amoureuse. Plus d'élève ni de muse. À nu. Désarmée. Fragilisée. Face à elle-même. Qui va lui apporter une réponse ? Son mari ne lui dira plus ce qu'elle attendait tant. Des mots pour la rassurer. Ils ne viendront plus. C'est trop tard. Plus jamais.

Il faut désormais qu'elle avance comme l'héroïne de Sautet. Romy Schneider n'aura jamais su combien Michel Piccoli dans le film l'aimait, traversé par son incapacité à communiquer, à verbaliser, à dire tous ces mots qu'on n'a jamais le temps de se dire et qui manquent à jamais, ces petites choses essentielles de la vie. Romy ne saura jamais que dans cette histoire Michel voulait quitter son épouse pour rester vivre avec elle, la femme de sa vie. Ils s'aimaient pourtant fort aussi, ces deux-là. Désormais, comme il est écrit dans la chanson du film :

Il va falloir changer de mémoire.
[…]
L'histoire n'est plus à suivre
Et j'ai fermé le livre.

Faire table rase du manque, des regrets, du silence puisque son mari n'est plus là. Toscane va devoir ne compter que sur elle-même. Elle va devoir enfin grandir et laisser sur le chemin l'enfant inquiète derrière laquelle elle a pris l'habitude de se cacher, l'enfant à protéger. Elle doit apprendre à aimer la femme qu'elle est en train de devenir, se le répéter chaque seconde qui passe pour enfin se respecter malgré le chagrin et le manque. Son homme aurait voulu ça, plus que tout. Les *choses de la vie*, ce sont aussi ces douleurs-là à traverser. Oser se regarder en face.

14

Toscane rouvre les yeux. Assise dans sa voiture à l'arrêt, à la sortie du pont de Grenelle, elle reconnaît la voix de Victor qui s'adresse à elle de l'autre côté de la portière, d'abord lointaine puis plus présente, précise.

« Je suis arrivé, Toscane. Je suis là. »

Victor l'extrait doucement de cette torpeur anesthésiante dans laquelle l'a plongée brutalement ce souvenir traumatisant. Toscane reprend peu à peu possession de son corps engourdi et baisse sa vitre. Le froid qui s'engouffre dans la voiture la ramène violemment à la nuit parisienne et à cette chanson :

Ce soir nous sommes septembre
Et j'ai fermé ma chambre
Le soleil n'y entrera plus.

Toscane regarde Victor lui sourire. La voix de Romy Schneider réchauffe l'habitacle humide.

Toscane a laissé l'autoradio en marche en l'attendant. La buée a recouvert le pare-brise.

Là-haut un oiseau passe
Comme une dédicace
Dans le ciel…
[…]
Je ne sais plus t'aimer Hélène.
[…]
Il va falloir changer de mémoire…

Les paroles de « La Chanson d'Hélène » semblent écrites par elle et pour elle. Les mots claquent dans sa tête. Ils prennent possession de sa vie et se répètent en boucle dans la nuit.

Tu ne m'aimes plus.

Pourquoi Toscane doute-t-elle autant d'elle-même ? Toscane ne s'aime plus. C'est exactement ça. Les mots cognent.

Il va falloir changer de mémoire…

Toscane s'est-elle un jour aimée ? A-t-elle pris le temps d'apprendre à s'aimer ou a-t-elle cherché désespérément à l'être, aimée des autres, pour pouvoir se dire qu'elle le mérite enfin, cet amour ?

Celle qui s'aime enfin

Et s'il était temps, pour elle aussi, de changer de mémoire, d'affronter cette vie qui la hante et la paralyse ?

15

Que s'est-il passé pour que Toscane se retrouve en panne sèche dans une rue de Paris, le corps à l'arrêt, la mémoire projetée sur ce morceau d'asphalte un soir d'accident mortel ? « J'ai envie de toi. » Victor n'a plus que ces mots en tête et dans tout le corps, les mots de Toscane juste avant qu'elle ne raccroche. Ceux qu'il n'a jamais encore osé lui dire. Parce que ça ne se dit pas quand on est « amis ». Toscane, elle, l'a fait. Elle a osé les laisser sortir, les prononcer. Elle n'a jamais su faire semblant, de toute manière. Elle a laissé son instinct prendre le dessus comme toujours mais, pour la première fois de sa vie, elle a osé se faire confiance. C'est déjà un bon début.

Dehors, par la vitre ouverte, Victor détaille le visage de Toscane. Il pensait la connaître. Il était certain de pouvoir déchiffrer chacun de ses silences, analyser ses mots ou ses non-dits, anticiper ses réactions. Mais il n'est plus sûr de rien. Quelque chose a changé. Toscane saisit de sa main assurée la nuque de Victor et rapproche sa tête de la sienne. Son visage est à quelques centimètres à peine de celui de Victor à présent. Toscane presse sa bouche sur la sienne. Leurs lèvres se mélangent, longuement, puis leurs langues, intensément.

16

Elle a grandi comme ça, Toscane, sans rien dire, sans se faire remarquer, sans cette flagornerie tant prisée en société. Toscane s'excuse presque des mots qu'elle prononce. Elle a la délicatesse et l'élégance de celles et ceux qui pensent d'abord aux autres avant d'agir, qui s'évertuent à trouver le mot juste par respect pour leur entourage, à contre-courant du mépris ambiant. Elle reste convaincue que seuls les compétences, l'expérience, les connaissances et l'humain importent, à défaut de l'emporter. Ne surtout pas se mettre en avant, pour ne pas éclipser la lumière des autres. Elle se met en retrait pour laisser de la place à ceux qui l'entourent, quitte à se déprécier parfois, à s'oublier souvent.

Alors ce soir, dans cette voiture en panne, être celle qui s'impose, fait le premier pas et embrasse Victor ! Vous imaginez ! Une révolution invisible s'est mise en marche dans tout son être, aux conséquences inestimables. Toscane éloigne doucement ses lèvres de la bouche de Victor. Elle reste tout à la fois silencieuse, amusée et sûre d'elle. Elle découvre le large sourire de Victor. Quelque chose vient de basculer. Victor en est le témoin privilégié. Toscane lâche prise. Victor ouvre la portière. Laisser le temps faire son œuvre.

« Je te commande un taxi ? » Son ton est volontairement joueur, faussement détaché. « Il est l'heure de rentrer. Je m'occupe de ta voiture. On se voit demain ? » Victor ne veut rien précipiter.

« Avec joie ! » s'amuse Toscane, forte de la beauté sauvage d'une femme sur le chemin de sa féminité assumée.

17

Quand elle était enfant, Toscane construisait des cabanes à la nuit tombée en ramassant du bois dans la forêt juste à côté de l'oliveraie de son père. Elle n'emportait que son violon. Du haut de son repaire, à l'écart, elle distinguait la terrasse de la maison éclairée par des lampions de toutes les couleurs et pouvait apercevoir sa mère assoupie dans le rocking-chair, un livre ouvert déposé sur sa poitrine, un thé encore chaud au pied de la banquette. Sa mère est morte de chagrin, jeune, seule, désemparée. Elle n'a pas eu le temps de s'épanouir, pas eu la force de survivre et d'accueillir la femme qui ne demandait qu'à se libérer de ses fantômes. Elle n'a pas su dire, pas réussi à parler. Son père n'a pas pris le temps de la comprendre, n'a pas su la retenir. Il a poursuivi sa vie sans épouse ni enfant. L'éminent professeur de lettres a quitté Toscane et sa mère peu avant les 10 ans de sa fille, en leur laissant la propriété et les oliviers. Chaque mois, il leur versait de l'argent – sa façon à lui de leur dire qu'il les aimait, car il les aimait. Lui qui n'aurait pu souffrir la dépendance, l'appartenance. Lui, l'homme solitaire qui n'a jamais regardé derrière lui pour ne pas être rattrapé par la honte et la douleur d'avoir abandonné son enfant, de n'avoir su sauver Valentine. D'avoir été lâche. Il a continué à avancer et pris garde de ne pas trébucher. À la recherche du plaisir et du bonheur pour conjurer la mort. Surtout ne pas s'attacher, pour ne jamais regretter. C'est moins douloureux sans doute.

Chaque fois qu'elle faisait glisser son archet sur les cordes de son violon dans la nuit, tout en haut, dans sa cabane, Toscane pressentait qu'elle aurait du mal à quitter cette petite fille vulnérable pour accueillir la femme d'après. Ce sentiment d'abandon allait la poursuivre toute sa vie. Être de trop, à l'étroit dans sa tête et son corps, étriquée dans une enfance qui lui a filé entre les doigts et qu'elle n'a pas su retenir. Elle s'est toujours sentie responsable du départ de son père, de la solitude de sa mère, puis de la mort de son mari. Si elle avait été à ses côtés dans cette voiture, aurait-ce changé le cours de l'histoire ? Toscane a fait comme elle a pu pour canaliser sa propre peur de grandir et de ne rien maîtriser, pas même l'amour qu'on arrache. La petite fille est restée seule avec son passé en Toscane et cette famille fracassée. Le moment est arrivé de le déposer enfin, son lourd baluchon de regrets.

18

Toscane se décide au petit matin, avant que le jour se lève, avant de retrouver Victor tout à l'heure à la brasserie. Elle a encore sur les lèvres l'empreinte de leur baiser osé de la veille. Elle a apprécié son élégance de ne pas précipiter les choses. Savourer cette plénitude nouvelle, insoupçonnée. Ne pas réfléchir ni penser. Laisser son corps agir à sa place. Toscane attrape son téléphone et fait défiler les contacts de son agenda sur l'écran. La voir. Rencontrer cette femme. Peu importe où, comment, ni pourquoi. Ne rien regretter. Il le faut, maintenant. Son prénom s'affiche enfin : Laure.

Laure est peintre. Toscane ne l'a jamais vue. Elle connaît cette femme parce que son mari l'a aimée. C'était il y a longtemps. L'un de ses tableaux est accroché au mur du salon dans la maison de Bourgogne. Une aquarelle. Une silhouette sur un ponton. Un ciel jaune et or. Souvenir de vies entremêlées. Toscane a toujours respecté l'idée que chacun portait à jamais l'empreinte des hommes et des femmes qu'il ou elle avait aimés un jour.

Chère Laure,
Je vous informe que mon mari est décédé.
Un accident de voiture sur une route de Bourgogne.
Je voulais que vous le sachiez.
C'était il y a deux ans.
J'aurais pu vous écrire avant.
Mais je ne l'ai pas fait.
J'en ressens le besoin aujourd'hui.
Bien à vous,
Toscane

La réponse à son SMS est instantanée.

Chère Toscane,
J'ai appris la nouvelle un matin dans le journal.
Je serais heureuse de vous rencontrer un jour si vous le souhaitez. J'habite en Ariège.
Avec mes plus belles pensées,
Laure

Deux femmes qui ne se connaissent pas sont réunies par écran interposé par un homme qu'elles ont aimé et qui n'est plus. Pourquoi Toscane éprouve-t-elle à ce moment précis le besoin d'entrer en contact avec Laure ? Il y a ce message, qu'elle a retrouvé dans le téléphone de son mari, quelques heures après sa mort, qui avait éveillé une jalousie morbide. Il lui avait écrit, quelques jours avant l'accident : *Laure, je t'embrasse, là où tu le souhaites.* Était-il encore amoureux d'elle, après toutes ces années ? S'étaient-ils revus ? S'apprêtait-il à la quitter ? Un dernier au revoir ? Pourquoi ce message, maintenant, alors qu'ils allaient se retrouver dans leur maison de campagne, à son retour de New York ? Peut-être n'aurait-elle jamais dû découvrir ce message, n'aurait-elle jamais dû le lire, comme dans le film de Sautet. Mais ce message existe et leur histoire est différente. Toscane veut savoir, elle veut rencontrer cette femme. Recoller les morceaux éparpillés de sa mémoire. Faire la paix. Ses doigts pianotent, agiles, rapides, sur le clavier digital.

Je suis disponible quand vous le souhaitez, Laure.
Je peux prendre un train et venir vous retrouver en Ariège.

Mardi prochain vous convient-il, Toscane ?
Je vous attendrai en gare de Foix.

J'y serai, sans faute.
À mardi, Laure.
Toscane

Toscane éteint son téléphone portable. Dans une semaine, elle fera la connaissance de Laure. D'ici là, elle veut chasser son prénom de son esprit. Elle ouvre l'étui de son violon. D'un coup d'œil, elle aperçoit la lettre d'adieu glissée dans la poche intérieure. L'enveloppe dépasse légèrement. Elle n'y touche pas. Elle positionne l'instrument au creux de son épaule. Les notes résonnent, douces, intenses, ordonnées. Dans quelques heures, elle retrouve Victor.

19

Quand il la voit arriver, derrière la porte vitrée de la brasserie, Victor sent que Toscane progresse dans sa vie à mille à l'heure et qu'elle ne va pas s'arrêter là. Ne plus jamais manquer de rendez-vous. Ne plus être en retard. Surtout, ne plus se taire. En la regardant s'approcher de leur table au fond, où ils se retrouvent toujours tous les deux, il admire ce nouveau sourire décomplexé. Il pense tout connaître des épisodes de son passé, le départ de son père, le suicide de sa mère, l'accident de voiture de son mari. Il a compris les doutes qui la pétrifient, évalué l'étendue de son talent sous-exploité. Il a perçu cette force invincible au fond d'elle, prête à se manifester. Il connaît désormais la saveur de leur premier baiser, qui en appelle d'autres.

Pourtant, alors qu'elle s'approche de lui et avant même qu'elle ne prononce un mot, Victor saisit la solennité de l'instant. Il sent qu'il reste en elle un dernier verrou qui n'a pas encore cédé et dont il ignore la signification. Mais elle est prête. Son corps glisse vers lui. C'est à lui, à l'évidence, qu'elle s'apprête à tout révéler. À qui d'autre sinon lui ? Et il ne s'agit pas d'évoquer l'existence de Laure. Non. Victor comprend qu'un secret douloureux lui tord le ventre, sur le point de voler en éclats.

20

À peine Toscane commence-t-elle son récit que Victor est happé par l'intensité de son regard, qui le propulse dans un huis clos encore inconnu, quelques mois plus tôt au tout début de l'été. Il se laisse porter en confiance et s'engouffre avec elle dans cet univers mental traumatisant qu'elle accepte enfin de décadenasser.

Toscane décrit l'intérieur d'un ascenseur aux quatre parois recouvertes de miroirs. Elle porte un blouson de cuir noir cintré sur une longue robe à fleurs. À ses côtés se tient le directeur du conservatoire où elle enseigne quand elle ne se produit pas. L'homme remonte le col de sa veste avec précision et soin. Ils collaborent depuis plusieurs années déjà. Elle a senti certains soirs de représentation qu'il la regardait à la dérobée, exactement comme à cet instant dans l'ascenseur. Il admire son jeu, il le lui répète souvent, lui qui ne brille pas par sa capacité de travail ni sa finesse et pense dissimuler sa médiocrité derrière le courage et le talent des autres. Il a toujours fonctionné comme ça. Pourtant, elle a de la sympathie pour lui et ne se l'explique pas.

Ils se connaissent bien, elle reconnaît ses talents d'organisateur, de régisseur et de stratège, indispensables au rayonnement de son petit royaume, qu'il dirige avec âpreté. La liste d'attente pour espérer intégrer le conservatoire est interminable, la renommée des professeurs et la qualité des enseignements dispensés, reconnues dans le monde entier. L'homme, piètre musicien, n'a guère d'amis et aucun confident. Il a tout sacrifié pour sa carrière, son image et son nom. Elle imagine sans effort sa solitude depuis le départ de sa femme et de ses enfants. Elle perçoit son manque manifeste de confiance en lui, qu'il cherche souvent à dissimuler derrière de l'ironie. Le désert affectif dans lequel il évolue le rend presque touchant.

Toscane est la seule à entrevoir en lui la fragilité d'un homme isolé et blessé. Tout du moins, elle est l'une des rares à s'en émouvoir. De toute manière, elle est incapable de fonctionner autrement. Elle a toujours agi ainsi, avec empathie et compassion. Croire en l'autre, sans arrière-pensée. Naïve.

Victor est attentif aux moindres réactions de Toscane, dont le corps se raidit à l'évocation de cette promiscuité dans l'ascenseur. À l'époque, Toscane vient d'apprendre que le conservatoire a enfin obtenu les crédits nécessaires pour monter le concert philharmonique de New York, celui que toute l'équipe attend et qui réunira des virtuoses des quatre coins du monde dans le prestigieux Met, le Metropolitan Opera. Debout à sa gauche, le directeur lui annonce fièrement qu'elle en sera la tête d'affiche, qu'elle le mérite, que la renommée de son talent doit désormais passer les frontières. L'aventure est lancée. « Je compte sur vous, Toscane », lui lance-t-il d'un ton péremptoire.

Calme, factuelle, Toscane décrit la scène à Victor avec une précision chirurgicale. Elle lui raconte le fracas des portes de l'ascenseur qui ont à peine le temps de se refermer. Puis la pression brutale de ses lèvres sur les siennes. Humides, épaisses, écœurantes. Lui, le solitaire misanthrope et son baiser volé, imposé, comme ça, sans rien demander, sans lui demander, sans aucune autorisation, en force, parce qu'il l'a décidé, parce qu'il ne pense qu'à assouvir son désir et qu'il ne s'est pas posé un instant la question de savoir si elle en avait envie. Elle, surprise puis tétanisée, dont le seul réflexe est de ne rien dire, de se taire, de prétendre que ces secondes n'ont pas existé, qu'elle-même n'existe plus.

L'homme s'écarte d'elle. Il comprend instantanément que ce baiser est une agression. Il sait qu'il n'aurait jamais dû. Trop tard. Il a le regard d'un enfant penaud, pris sur le vif. Un gosse perdu qui regrette déjà son geste. Elle chasse l'instant de sa pensée en baissant les paupières. Rien ne s'est passé. Il ne s'est rien passé. Ne plus y penser. Oublier ce moment. Le faire disparaître au plus profond de soi. Ne rien dire.

Toscane rouvre les yeux. L'homme se tient là, face à elle, la tête inclinée vers le sol. Silencieux.

« Pourquoi n'ai-je rien dit, Victor, rien empêché, rien arrêté ? Pourquoi aucun son n'est-il parvenu à se former dans ma gorge, aucun geste, aucune révolte ? »

Toscane reprend son souffle. Victor lui sourit. Elle s'accroche à son regard et poursuit calmement.

« Je ne me suis même pas posé un instant la question de savoir pourquoi il avait osé faire ça. J'ignore encore pourquoi je suis restée passive, pourquoi j'ai permis ce baiser, pourquoi c'est arrivé, pourquoi moi ? »

Les yeux de Victor sont doux, apaisants. Sa voix, chaude et réconfortante.

« Tu t'es peut-être repliée sur cette paralysie qui t'a saisie et glacée, Toscane. Tu n'es responsable de rien. Tu m'entends ? Tu n'étais sans doute déjà plus à toi dans ton corps, inconsciente, au sens strict du terme. Ça devrait te parler, toi qui aimes décortiquer les mots… » Victor esquisse un clin d'œil. « L'inconscience, Toscane, c'est comme perdre connaissance l'espace d'un instant. Et tout oublier pour sauver sa peau. Désormais, c'est à toi de reprendre connaissance, à toi de refaire connaissance avec toi-même et tes secrets refoulés. Ce passé qui t'étouffe. »

Toscane écoute, attentive, chacun des mots de Victor. Ils résonnent. Faire le vide dans sa tête, parce qu'elle n'a pas le choix. Ne plus rien ressentir l'espace d'un instant ou plutôt se laisser submerger par ces émotions nouvelles. Toscane s'est noyée ces cinq longs derniers mois dans son silence. Elle s'est laissée sombrer en étouffant la douleur jusqu'à la nier. Devant Victor, elle reprend peu à peu son souffle et calme le rythme de ses pulsations. Accueillir ce vertige et ne pas le repousser. Reconnaître son humilité face à la puissance des sentiments et des pensées. Les laisser cogner dans le corps et la tête jusqu'à devenir K.-O., groggy, et flotter dans un état second.

Toscane trouve le courage de revivre ces quelques minutes dans l'ascenseur. Elle avait pourtant tout fait pour ne plus y penser, comme l'on remise à la cave, tout au fond, dans le noir, des ordures dans un sac-poubelle en espérant ne plus jamais en sentir la puanteur. Mais à force, ça finit toujours par pourrir et nous rattraper. Aujourd'hui, elle la sent remonter en elle, cette nausée. Violente, elle ressurgit au creux de son estomac jusque dans sa gorge et déverse un goût détestable dans sa bouche. Toscane doit laisser son corps parler et accepter de l'écouter enfin.

« Je n'y suis pour rien ! » Elle sent monter en elle une colère qu'elle a toujours réprimée jusqu'ici. Elle qui s'est toujours détestée, qui s'est maltraitée à la moindre erreur, s'est giflée plusieurs fois comme une enfant punie. Traitée de tous les noms. « Quelle conne ! » Quand on ne s'aime pas, comment peut-on se respecter ? Comment peut-on être aimé ? Toscane a toujours pensé qu'elle n'était pas digne de l'être.

Comment le pouvait-elle, elle, l'imparfaite, l'incomplète, l'insatisfaite ? Ce n'est jamais assez. Ne pas décevoir, ne pas se tromper. C'est fatigant, éreintant, destructeur de ne pas s'aimer. Alors évidemment c'est plus facile de penser que si elle n'a pas décroché sa place au concert de New York, elle y est sans doute pour quelque chose. C'est forcément sa faute. Bien mérité ! Elle n'a pas les compétences requises. On n'en parle plus. Rien à voir bien sûr avec ce baiser qu'elle a balayé d'un revers de main, qu'elle a ignoré.

Penser ainsi. Se rabaisser. C'est ce qui a permis à Toscane de tenir. Se dire que c'était sa responsabilité. À aucun moment elle n'a imaginé que le huis clos de l'ascenseur avait pu influer sur le cours des événements, provoquer ce revirement de situation, ne plus partir à New York. Depuis l'enfance, elle a toujours adopté cette mécanique, ce même fonctionnement sacrificiel : « Tout ça, c'est à cause de moi. » Mais plus maintenant. C'est fini. Pourquoi serait-elle la coupable ? Coupable de quoi ? En quoi est-elle responsable du comportement des autres ? En rien, évidemment. Bien sûr que non. NON. Et la force de ces trois petites lettres est telle que peu importe le sens dans lequel on les lit, on les écrit, NON, elles conservent toujours leur sens initial, invariable, NON, les lettres roulent, tournent et retombent toujours sur leurs pieds, à leur place, instinctives, NON, inébranlables, affirmatives, NON, NON, NON… ou l'efficacité implacable d'un palindrome.

21

Victor reste sans voix devant Toscane. Il lui faut un moment pour parvenir à extirper son esprit de cet ascenseur et revenir pleinement à lui dans la brasserie. Toscane plonge ses yeux verts soulagés dans le regard bleu ciel réconfortant de Victor. Elle avait enfoui ce moment si profondément en elle, l'avait dissimulé si loin, tout en bas, aux oubliettes. Pourquoi est-il ressorti maintenant, devant Victor, brut, intact, précis ? Comment a-t-elle puisé l'énergie de le faire rejaillir ? Peu importent les questions, elle a trouvé la réponse. Non ! Terminé, tout ça ! Plus jamais ! Toscane est incapable de continuer à faire comme avant, à être l'illusion d'elle-même.

Tout déferle à la surface avec la puissance d'une tempête. Le regard de Victor dans le sien agit comme un révélateur sur sa mémoire. Les traits du visage de Toscane commencent à se relâcher perceptiblement. Chaque parcelle de peau se lisse, les fines rides qui sillonnent son front et celles plus profondes, creusées entre les yeux. Son regard s'adoucit, s'apaise, ses lèvres s'entrouvrent et laissent l'air s'infiltrer dans sa bouche, caresser son palais et emplir ses poumons. Elle a le sentiment d'avoir avancé en apnée jusqu'ici, d'avoir respiré en limitant au minimum le mouvement de son diaphragme. Ne prendre que le nécessaire vital pour s'oxygéner et tenir debout. Mettre en sourdine les signaux que son corps lui envoie pourtant depuis si longtemps, ignorer la douleur au bas du dos, s'interdire des pauses quand la fatigue se fait ressentir, chasser les larmes au coin de l'œil et se répéter que ça va passer, que ça finit toujours par aller de toute manière. Dissimuler de vilains cernes sous une poudre teintée, sourire pour ne rien dévoiler de ses angoisses.

Victor enveloppe le corps de Toscane de ses bras vigoureux. Sans aucun mot échangé, il l'encourage à prendre avec lui une profonde inspiration. Leurs visages s'effleurent. Tous deux sentent l'air frais s'engouffrer dans leurs poumons et faire gonfler leur cage thoracique au même rythme. Puis, dans une lente expiration, leurs bouches expulsent l'air réchauffé par leur corps. Il s'échappe et se mélange. Leurs lèvres aussi, à nouveau. Toscane, fougueuse, empoigne Victor. Il désire la même chose. Sur la gauche, un escalier en bois conduit à quelques chambres.

« Je ne savais même pas qu'il y avait un hôtel à l'étage », ose Toscane.

Victor explose de rire. Ne plus jamais s'excuser d'être ni de désirer. Ils s'embrassent, ne peuvent cesser de s'embrasser. Follement. À chacune des marches qu'elle grimpe, Toscane sent qu'elle se reconnecte de l'intérieur, chaque organe l'un après l'autre puis d'un seul bloc, robuste, indestructible. Son corps entier se redresse, à la manière de ces gigantesques personnages gonflables qui prennent forme en se remplissant d'air, encaissant les bourrasques mais toujours debout envers et contre tout. Retrouver sa place. Accepter celle qu'elle est. Chérir et aimer enfin cette femme. S'ouvrir au monde, comme un peintre dévoile son chef-d'œuvre, une artiste, sa symphonie. Reprendre le cours de sa vie, et oser s'aventurer hors des sentiers balisés, décider du chemin à suivre, assumer ses choix, satisfaire ses envies et ne plus attendre l'approbation de quiconque. Ne plus jamais subir ni craindre le jugement. Prendre ses responsabilités y compris quand c'est douloureux, risqué, aléatoire. C'est ça la liberté. Refuser la soumission, celle qui annihile, humilie, terrorise, déforme, dégrade et détruit.

Dans cet escalier, Toscane recouvre peu à peu la mémoire. Elle avance comme une toute petite fille qui semble découvrir la marche en ayant oublié qu'à sa naissance, elle savait déjà le faire, comme tous les nouveau-nés. Mettre un pied devant l'autre tel un réflexe de vie. Elle l'avait simplement effacé de sa matrice. Désormais, Toscane retrouve ses sensations oubliées. Elle a la force de celles qui sauront se relever même après avoir chuté. Le sens du mot « résilience », ce doux mot plein de promesses qui rime pour elle avec « rire en silence ». Tout revient à la surface, comme une évidence. Il était temps qu'elle la retrouve, cette mémoire disparue. Celle qu'elle avait laissée s'effilocher dans l'espoir qu'elle se perde définitivement. Toscane est décidée à serrer fort la main de cette petite fille rescapée qu'elle a abandonnée sur le chemin et maltraitée. Exigeante, intransigeante, intolérante envers elle. Elle ne lui a rien laissé passer, rien pardonné, rien autorisé. Il suffit pourtant de commencer par se pardonner pour parvenir à s'aimer un peu d'abord, puis complètement un jour.

Toscane se sent prête à accueillir cette gamine qui se métamorphose en elle et à marcher dans ses pas maintenant qu'elle est devenue grande. Ne pas la considérer comme un problème et surtout, plus jamais comme une victime. C'est exactement ça : « Pas de pitié pour les survivants. Ce ne sont pas des victimes. Ce sont des tueurs. Pour leur faire payer le crime de survivre, il faut exiger d'eux qu'ils nous donnent leurs créations. » Toscane a fait sienne cette réflexion de Boris Cyrulnik, dans son livre *Un merveilleux malheur*. Elle fait toujours ça quand elle est touchée par les mots d'un auteur. Elle les lit, les relit, les retient, appose une croix dans la marge. Parfois, elle noircit des pages entières avec ses annotations au stylo.

Survivante, Toscane l'est, comme Victor, comme chacun, chacune d'entre nous. Survivre à son enfance, à son passé, aux mécanismes de défense et de protection de sa mémoire contre les attaques extérieures. Survivante mais certainement pas victime. C'est fini, tout ça. Toscane ne veut plus être une victime. Il vient de se produire quelque chose dans sa vie. L'histoire d'un baiser volé, un électrochoc, *un merveilleux malheur*, c'est ça, comme une douleur à surpasser, indispensable, régénérante, qui oblige à se concentrer sur l'essentiel, à affronter ses fantômes et à monter avec fougue l'escalier.

22

Chaque marche qui rapproche Victor de cette chambre d'hôtel le catapulte dans des espaces-temps bien précis avec Toscane. Pleins, réels, uniques. La cathédrale de Sienne, leur première rencontre. Sa fine nuque interminable et son air emprunté qui la rendent si désirable. Toscane et son violon, décrochant les premiers prix, besogneuse, scrupuleuse, déterminée. Le doute dans ses yeux, l'intransigeance envers elle-même et ce voile qui assombrit la lumière de son regard quand elle estime ne pas être à la hauteur. La folie généreuse et envoûtante qui s'empare d'elle quand la joie s'impose dans tout son être, insouciante, rebelle et forte. Chaque fois, Victor est foudroyé sur place, transformé au contact de cette femme, lui qui, avant elle, était persuadé de pouvoir se suffire à lui-même, de se complaire dans sa solitude. Dans cet escalier, sur les pas de Toscane, Victor ne contrôle plus rien. Il ne s'est jamais senti aussi vivant, aussi vulnérable, dépendant aussi. Après avoir passé son existence cuirassé sous une armure, il ressent comme une impérieuse nécessité d'aimer. De l'aimer. Ce sentiment d'amour s'était tari en lui. Il avait comme Toscane fermé à double tour la porte de cette vie-là. Il en avait volontairement perdu la clé. Ainsi, il ne serait jamais tenté de la rouvrir. Aucun risque de se retrouver dans une pièce vide, poussiéreuse, aride, sans âme. Sans famille. Une vie insupportable pour ce petit garçon écorché assis dans l'ombre.

Bousculé par un léger vertige, Victor s'agrippe à la rampe. La chaleur du bois réchauffe instantanément sa paume. Ses doigts enveloppent la courbure du garde-corps et la caressent longuement. Ses muscles se détendent au contact du bois, lisse, doux, rassurant. En haut de l'escalier, Victor s'arrête, immobile. Le son de la scie de son père vient cogner dans un coin de sa tête. D'abord lancinant puis distant, plus léger, imperceptible enfin. Victor détache les lacets de ses baskets montantes, retire ses chaussures, puis ses chaussettes. Ses pieds nus reposent sur la dernière marche. Pas d'écharde cette fois dans la chair, aucune douleur. Les lames du bois brut n'écorchent plus sa peau. Victor découvre Toscane dans l'encadrement de la porte ouverte. Le soleil qui passe par la fenêtre de la chambre souligne sa silhouette longiligne dans le contre-jour. Il la suit jusqu'à la salle de bains. Victor aperçoit le reflet du visage de Toscane dans le miroir. Il accompagne du regard son index qui caresse ses lèvres desséchées. Elle plonge la main dans une trousse de maquillage qu'elle garde en permanence dans son sac à main. Elle aime tous ces tubes colorés qui sentent le fruit sucré. Elle applique un baume rose poudré qui dessine parfaitement les courbes de ses lèvres. Elles brillent. Elle esquisse un sourire forcé pour accentuer les fines rides qui apparaissent au coin externe des yeux. Elle a toujours trouvé ces femmes vieillissantes, à la peau sculptée par les ans, sensuelles et sauvages. Victor la trouve enivrante, affirmée et libre. Il assiste, émerveillé, à sa métamorphose. Toscane ne le quitte plus du regard. Elle détaille l'ovale de ses yeux, l'iris bleu qui brille et la scrute dans la glace. Elle aime son regard impudique, ces moments suspendus dans la salle de bains d'un hôtel. Elle sait qu'elle aime Victor. Elle ignore qu'il l'aime autant. Ils savent tous les deux qu'à partir de maintenant, leur histoire d'amitié est en train de basculer. Les garde-fous ont définitivement cédé.

23

Toscane porte la chemise de Victor, en coton blanc, trop large pour elle et qui retombe à mi-cuisse. Elle est nue sous l'étoffe du vêtement, qu'elle n'a pas boutonné. Un verre de bourgogne à la main. Presque vide. Ses cheveux sont retenus par un élastique, quelques mèches caressent la naissance de sa joue, Toscane est un peu ivre. Elle se sent joyeuse, légère. Les ongles de ses orteils peints en rouge vif, elle danse, au rythme d'une guitare sèche dont la mélodie leur parvient de la rue. Une chanteuse accompagne le musicien de sa voix rauque et cassée, juste en bas, au pied de l'hôtel. Victor dévisage Toscane. Elle aime ça. Le soleil n'est pas encore couché. Elle transpire. Sa peau brille. Victor sort tout juste de la douche. L'eau de ses cheveux dégouline sur son torse. La plante de ses pieds laisse des empreintes mouillées sur le parquet. Il s'avance vers la terrasse et pousse d'une main la porte-fenêtre, qui s'ouvre sur un canapé extérieur en osier. Il se sert un verre de bourgogne. Toscane le rejoint. Il remplit son verre. Le contour de ses lèvres maquillées reste imprimé sur le bord. Victor la désire. Elle aussi.

Sur le sol, les lunettes en écaille de Toscane sont posées sur la couverture d'un livre, un recueil d'anagrammes. Toscane l'a acheté rien que pour son titre, *Anagrammes renversantes, le sens caché du monde*. Parfait pour celle qui s'amuse à jouer avec les mots et à décrypter le langage des oiseaux. Victor est envoûté par ce moment de séduction qui s'étire et joue à cache-cache. Toscane allume une cigarette pour sentir cet instant précis où l'extrémité s'embrase, rougit et offre ce fumet de tabac incandescent, qui ne dure jamais longtemps. Elle savoure cette odeur pesante qui sature l'air, comme celle de l'essence dans les stations-service. Elle a toujours aimé renifler ces parfums âcres et lourds. Toscane écrase sa cigarette dans le cendrier comme chaque fois. Elle ne fume pas. Il le sait. Elle ferme les yeux. Il sourit. Elle sent le sol se dérober sous elle. Elle savoure ces minutes en suspension qui la rendent légère, présente à l'instant, ici et nulle part ailleurs. Elle continue de danser autour de Victor. Suffisamment loin de son corps pour ne pas même effleurer sa main. Il aime la forme de son épaule qui se dévoile sous sa chemise trop grande. Elle se dirige vers le canapé, s'assied, replie ses jambes sur le côté et remonte ses manches trop longues. La courbe de ses hanches se dessine en transparence. Elle tire maladroitement sur le bas de la chemise pour couvrir son corps. Toscane connaît ce sourire sur le visage de Victor. Elle aime savoir qu'il la désire comme elle est, parfaitement imparfaite, audacieuse et pudique. Elle voudrait qu'il s'approche d'elle, saisisse son bras et la serre contre lui, ses mains enlacées dans les siennes. Qu'il embrasse le côté droit de sa joue, juste là, sur l'os proéminent de sa mâchoire. Que ses lèvres effleurent sa peau puis filent plus bas dans le creux de l'épaule. Victor repose son verre sur la table basse et enserre délicatement le visage de Toscane de ses mains vigoureuses, chaudes, désinhibées. Puis il laisse s'aventurer ses doigts jusqu'à la plaine luisante entre ses seins. Sa bouche prend le relais sur le sillon qui mène au-dessus du nombril, à l'endroit précis où l'arrondi brun d'un premier grain de beauté confirme décidément la défectuosité des écoutilles. Victor remonte vers la bouche de Toscane et lui mange les lèvres.

24

Victor et Toscane sont allongés sur le lit de la chambre d'hôtel. Leurs corps sont nus, épuisés et chauds, enlacés, enivrés. Victor saisit le livre qu'il a ramassé sur la terrasse. Toscane lui montre le nom de l'un des auteurs inscrit au-dessus du titre sur la couverture :

« Jacques Perry-Salkow. Je ne le connaissais pas. Je l'ai découvert il n'y a pas longtemps, quand j'ai effectué des recherches, tu sais, sur l'origine de la langue des oiseaux. Il écrit des anagrammes absolument magiques. Je lui ai envoyé une lettre il y a quelques jours parce que son travail m'intéresse et m'intrigue beaucoup. Et figure-toi qu'il m'a répondu ! »

Victor tourne délicatement les pages du livre et sourit avec malice.

« J'espère qu'il va t'aider à percer *le sens caché du monde*. En tout cas, c'est ce qu'il promet ! Le programme est ambitieux, dis donc ! »

Victor est aussi pragmatique que Toscane est rêveuse. Curieux, il lit à voix haute une phrase qu'il a repérée à la page 33 : « L'origine du monde, Gustave Courbet. »

Toscane saisit le livre et, telle une magicienne, une boule de cristal entre les doigts, découvre l'anagramme ainsi obtenue :

« Je t'ai bien dit que c'était magique ! Écoute ça : Ce vagin où goutte l'ombre d'un désir. »

Ses mots résonnent dans un éclat de rire effronté. Devant leurs deux corps engourdis, le tableau de Courbet célèbre leur amour à travers les lettres d'une anagramme.

Victor reprend le livre entre ses mains qui s'étaient égarées un instant sur la colline de ses seins. Il passe à la page 26 où se révèle un autre secret dans les lettres de mots entremêlés.

« Et celle-là ? Elle devrait te dire quelque chose, ma belle musicienne, non ? Leonard Bernstein. »

La voix de Victor est moqueuse. Il détache chacune des syllabes de l'anagramme ainsi obtenue.

« Tiens, tiens, ça donne ça : L'art de bien sonner. »

De son index, il caresse la bouche de Toscane, suit la courbe de sa lèvre inférieure pour s'évanouir dans le creux de son menton :

« Tu m'as bien dit que tu arrêtais le violon, n'est-ce pas ? » Victor s'amuse de la moue renfrognée de Toscane, bien déterminé à chasser l'enfant vexée de ce corps de femme. « C'est dommage, ça sonne bien quand tu joues ! » ajoute-t-il avec malice.

Nue, décomplexée, la musicienne piquée au vif se relève, traverse la chambre et s'avance vers l'étui de son violon posé sous la fenêtre. Sa poitrine, qu'elle trouvait trop menue, ses fesses trop charnues, ses jambes trop courtes, sa mâchoire trop large, se dévoilent, arrogantes et fières. Son corps explose de liberté. Toscane empoigne l'instrument, le cale entre son menton et son épaule gauche puis saisit l'archet. Les notes puissantes envahissent l'espace qui les entoure et brisent le silence engourdi d'après l'amour, majestueuses, vivantes. Le corps repu de désir et de musique, Toscane inspire vigoureusement, puis d'un ton posé, inspiré, s'élance :

« Je m'aime enfin, Victor, et je peux désormais t'aimer. »

Cette phrase qui pourrait sembler arrogante aux yeux de certains, susciter des « Mais pour qui se prend-elle ? », provoquer des regards réprobateurs – « Quelle prétentieuse ! » –, bouleverse Victor. Il a tellement espéré qu'elle les prononce un jour, ces mots, libres, affranchis de toute crainte de jugement.

« Moi aussi, Toscane, je veux passer ma vie à aimer cette femme qui s'aime enfin. »

Victor continue à voix haute la lecture d'un nouveau passage du livre :

« Il n'y a pas d'étreinte sans éternité. Tu as raison, ma belle violoniste, ces anagrammes sont magiques.

Moi aussi j'ai toujours pensé que l'existence consistait à chercher l'ordre des lettres qui composent le récit d'une vie. Trouve tes notes, mon amour, fais-les sonner et compose ta symphonie, celle qui donne un sens à ta vie. Ta présence donne un sens désormais à la mienne. »

Tout en écoutant Victor, Toscane laisse courir l'archet sur les cordes. Intuitive, habitée, passionnée, joyeuse.

Victor aperçoit dans l'étui une enveloppe blanche qui dépasse du velours de la paroi intérieure.

25

Toscane ouvre les yeux. Victor est encore endormi. Sortir de cette langueur délicieuse. Ce matin, une fine pluie au-dehors incite à la paresse. Toscane rassemble le peu d'énergie qu'il lui reste pour se lever, emmitouflée dans un large pull molletonné gris souris. Elle part se servir un café chaud. Ses mains enveloppent la tasse brûlante. Quelques gorgées suffisent pour la combler. Elle retourne se pelotonner sous la couette moelleuse, sa poitrine pressée contre le dos de Victor. Elle sent la fatigue la saisir à nouveau, son corps s'abandonner peu à peu, ses pensées se perdre. Elle est à la fois ici dans ce lit, protégée de la pluie et déjà dans une autre chambre, baignée de soleil. Elle voudrait parler, prononcer quelques mots mais elle est, comme chaque fois qu'elle s'enfonce dans un rêve, anesthésiée par ce nouvel univers qui l'envahit. Muette.

La pièce est lumineuse. Le soleil aveuglant se reflète sur la tête de lit en bois clair. La porte est entrouverte et une silhouette se dessine puis le corps d'un homme apparaît, doucement, sans l'apeurer. Elle le connaît, le reconnaît. Elle l'aime tant. Il y a si longtemps. Deux ans à peine, deux ans déjà. Ce visage est bien le sien, celui qu'elle a caressé une dernière fois à la morgue de l'hôpital. Le visage de son mari. Il la regarde. Il semble joyeux, audacieux, doux, apaisé. Il porte une chemise bleu ciel, celle-là même que les médecins ont découpée le jour de l'accident de voiture pour lui faire un massage cardiaque et tenter de le réanimer. Le vêtement n'est pas déchiré dans son rêve. L'homme respire parfaitement. Il a bonne mine. Joues roses. Teint hâlé. Il s'approche sans bruit du bureau en pin clair disposé devant la baie vitrée. Des vêtements sont éparpillés sur le sol. Toscane ne comprend pas pourquoi il est là, indemne, en parfaite santé, ni d'où il vient. Son mari est pourtant mort dans l'accident. Elle l'a bien vu, son corps sans vie à la morgue.

Il effleure de sa main droite une chemise d'homme, blanche, aux manches encore retroussées, posée à la hâte sur le lit. Un soutien-gorge en fine dentelle noire repose sur le dossier du fauteuil. L'homme sourit. Les mots qu'elle entend à ce moment-là pénètrent en elle comme un baume régénérant, une main qui réchauffe ses joues glacées et meurtries par la stupeur : « Je suis heureux de te revoir, Toscane. Ton interprétation de Barber était magnifique. Je n'ai pas eu le temps de te le dire avant de mourir. Pardonne-moi. Mais je sais que tu as compris tout cela désormais, que tu as fait la paix avec toi-même, que tu n'as plus besoin de mes mots. »

Toscane sent une boule de chaleur naître dans le creux de son ventre puis irradier dans tout son corps. Cette voix profonde, grave, est bien celle de son mari. L'homme s'est rapproché d'elle, il est assis sur le lit désormais. Il allonge les jambes à côté des siennes. Elle sent ses lèvres effleurer sa bouche, puis ils échangent un long et tendre baiser d'au revoir qui voudrait s'éterniser, celui qu'ils n'ont pu se donner. Toscane sait qu'il s'agit de son mari disparu, pas tout à fait dans la réalité, ni dans un rêve non plus, mais là, en quelque sorte, présent dans l'absence.

« Je suis heureux qu'il y ait un nouvel homme dans ta vie, Toscane. Va, aime et deviens celle qui sommeille en toi. Tu as raison de ne plus te poser de question. Ton visage est si beau. Tu as toujours eu les réponses en toi. Applique-les maintenant que tu en as trouvé le sens et fais-toi confiance. Je serai toujours là, quelque part, à tes côtés, ma belle », reprend la silhouette avant de disparaître.

Toscane ouvre les yeux. Victor est allongé à côté d'elle, encore endormi. Elle le regarde. Elle a conscience que ce rêve envoûtant est un souffle qui libère et la révèle un peu plus. Un voyage au plus profond d'elle-même qui réconcilie la femme d'avant et celle qu'elle est devenue. Une femme qui ose être elle-même et se pardonne enfin.

26

Lorsqu'il se réveille, Victor est seul dans la chambre d'hôtel. Toscane vient de sortir. Il a senti son lent et délicat baiser sur ses lèvres, juste avant qu'elle ne referme la porte, sans faire de bruit. Sur la table de chevet, elle lui a servi une tasse de café encore brûlant. Elle a laissé un morceau de papier déchiré à la hâte et ces quelques mots :

Mon amour, j'ai rêvé que j'étais en vie et je ne veux plus jamais la laisser filer. En attendant, je te confie mon violon. Tu m'as aidée à retrouver mon souffle, à réveiller mon corps, à préférer la vie. J'ai encore quelques rendez-vous à honorer avant d'entamer l'écriture de ma symphonie. Il me reste des zones d'ombre à éclairer, un dernier tête-à-tête avec les mots pour enfin trouver ma musique et chérir la vie avec toi.

Oui, il n'y a pas d'étreinte sans éternité. Je la veux avec toi, cette éternité.

À tout de suite.

Je t'aime.

Toscane

L'enveloppe blanche qu'il avait remarquée dans l'étui de l'instrument la veille a disparu. Victor sourit. Il étire avec vigueur son corps sur les draps en bataille. La chambre embaume le café du matin.

27

Dans une rue déserte qui se réveille à peine, les fins talons aiguilles des escarpins de Toscane claquent sur le trottoir. Un son rond, régulier qui résonne sur l'asphalte. Toscane enfonce sa main dans la poche de son long manteau camel. Elle décachette l'enveloppe qu'elle avait glissée dans son étui de violon. Elle ne l'a pas relue depuis ce matin-là et ce désir d'en finir. La feuille blanche est pliée en quatre. Elle détaille chacun des mots qu'elle a rédigés. Ils lui semblent désormais étrangers, incongrus, indécents. *Je veux juste rester seule. C'est sans appel. Surtout ne plus déranger.* Comment a-t-elle pu vouloir se suicider ? *Je ne veux plus déranger. Personne.* Toscane peine à imaginer le désespoir dans lequel elle a pourtant été plongée, il n'y a pas si longtemps. L'orage semble s'être dissipé. Le ciel s'illumine désormais. Elle a changé. Ni tout à fait la même ni tout à fait une autre.

Entremêlés à son écriture, elle remarque à la fin de la missive quelques mots ajoutés à l'encre noire juste à côté de son prénom : « Toscane, … *celle qui s'aime enfin.* » Elle reconnaît l'écriture de Victor. Elle sourit. Le soleil se lève délicatement entre les façades des immeubles. Toscane ferme les yeux un instant et laisse les rayons caresser son visage. Puis elle sort de sa poche un briquet qu'elle garde en permanence pour allumer les cigarettes qu'elle ne fume pas. Sur un trottoir de Paris, les mots d'une femme qui voulait mourir quelques jours plus tôt partent en fumée.

28

Il est paisible, prometteur et généreux, ce doux matin parisien. Toscane se dirige vers la brasserie. La table tout au fond qu'elle a l'habitude de choisir avec Victor est déjà occupée par un couple élégant et complice, aux cheveux blancs et à la peau ridée. L'homme caresse la nuque de son amoureuse d'une main frêle. Son cou est fin, surplombé d'un chignon parfaitement dessiné. La femme dépose un baiser sur sa joue.

Vieillir avec Victor, quelle belle idée ! Sentir sous ses doigts la surface de son visage tanné par le soleil et les années qui passent. Le laisser caresser son corps dont les courbes jadis affirmées se relâchent, assumées, sublimées.

Toscane choisit une table en terrasse, baignée du soleil de l'automne. Elle commande un café noir et un pain au chocolat encore fondant. Puis elle sort de son sac à main une enveloppe et glisse délicatement son pouce droit sous le rabat à l'arrière. Le papier se déchire sans résistance. La lettre qu'elle déplie est signée Jacques, l'auteur des *Anagrammes renversantes*. Jacques Perry-Salkow, le magicien des mots. Toscane a l'impression de tenir entre ses mains un dictionnaire qui n'aurait encore jamais été ouvert, un talisman. Elle chérit ce trésor comme lorsqu'elle était petite fille et qu'elle se réfugiait dans la bibliothèque de son père dans leur maison en Toscane. Elle ouvrait un livre et allait s'asseoir dans le fauteuil en cuir. Elle notait tous les mots qu'elle ne comprenait pas. Elle se disait alors qu'elle aurait toute la vie pour demander à son père de l'aider à en comprendre la définition. Mais toute la vie, ça passe si vite. Jacques a rédigé sa lettre, imprimée à l'encre noire, sur un clavier d'ordinateur. Elle est impatiente de la lire. Savourer l'instant. Ne pas se précipiter pour que le mystère de l'écriture dure encore un peu. Certains mots sont en gras, ceux-là mêmes sur lesquels Toscane bute depuis si longtemps. À commencer par son prénom. Elle inspire profondément.

> *Chère* Toscane, *je vous remercie de ce courrier que j'ai lu avec attention.* Son acte *me remplit de joie.*

Ces premiers mots lui font l'effet d'un voyage vertigineux dans le temps, quand elle était enfant. Elle a l'impression que l'on prononce son prénom pour la première fois. Toscane… Elle aussi s'est demandé pourquoi ses parents avaient choisi ces sept lettres, T-O-S-C-A-N-E. Évidemment, l'Italie. Mais sous la plume de Jacques, elles expriment un autre sens. Elles dansent et s'entremêlent, elles se métamorphosent et se révèlent différentes. S-O-N-A-C-T-E. Cela semble si simple, parfaitement évident. Toscane porte en elle SON ACTE, sa décision, son libre arbitre. Elle n'en savait rien. Elle pensait que son prénom n'était que le révélateur de sa musique, qu'il transportait de simples notes dans son sac. À cet instant, elle comprend que ce prénom est également une injonction à agir comme elle l'entend. « Réagis, Toscane ! » Avec émotion et excitation, elle poursuit la lecture de la lettre comme elle déchiffrerait les indices sur la carte d'une chasse aux trésors.

Vous écrivez que Victor vous trouve « naïve ». Il a peut-être raison, votre Victor. Et si « naïve », *dont l'antonyme serait* « vaine », *était un compliment ? Le plus délicat qui soit ? Immédiatement je pense à ce passage du livre d'Eugène Fromentin intitulé* Dominique *: « soyez naïf dans vos sensations. Qu'avez-vous besoin de les étudier ? N'est-ce point assez d'en être ému ? » Ah, Toscane, soyez naïve, native, imaginative ! C'est ainsi que Victor vous aime. Étonnez-vous de tout ! La* langue des oiseaux, *la musique* ou le sang des aïeux, *à votre guise. Mais étonnez-vous !*

Toscane reprend son souffle. Elle entend son cœur cogner fort. Ses battements impriment leur propre tempo dans ses veines, inspirés, portés par la musique des souvenirs, ceux de l'Italie et des champs d'oliviers. *Naïve, native, imaginative.* Tellement vivante. Toscane contemple une mésange qui picore les miettes de son pain au chocolat sur le trottoir à ses pieds. La violoniste serre fort la lettre entre ses doigts.

> *Maintenant je sais comme* le souvenir *remonte avec* le soir venu. *Mais vous, Toscane, vous êtes au midi de votre vie. Ce qu'il faut, c'est fermer le livre. « L'histoire n'est plus à suivre et j'ai fermé le livre », murmure doucement Romy Schneider dans la chanson que vous écoutiez en boucle dans votre voiture en panne. Pour n'être pas l'esclave martyrisée de* la mélancolie, *fermez-le ! Fuyez au plus loin* l'île monacale *où rien ne trouble les jours et les nuits, asile charmant des inconsolés ! « Ce qu'il faut, c'est rire en silence. » C'est vous qui l'avez écrit, Toscane. La* résilience, *qu'est-ce ? Un* ciel serein *peint sur le plafond d'une salle d'attente d'unité de réanimation… Vous étiez au bord d'une falaise, prête à tomber, quand une mésange a dardé son cri par-dessus l'abîme. Ce jour-là, la vie vous a appelée. Alors soyez heureuse.*

Chaque anagramme résonne dans le crâne de Toscane. Chaque lettre virevolte dans le sillage de cette mésange, chaque note des *Choses de la vie*. C'est aussi simple que ça, la correspondance entre les mots. Serait-ce alors possible qu'une autre musique se joue derrière les notes figées d'une partition ?

> *La* résilience *et son* ciel serein.
> Le souvenir, le soir venu.
> La mélancolie *ou* l'île monacale.
> Toscane *et* son acte.
> Naïve *mais certainement pas* vaine.

Toscane est bouleversée par la dédicace de Jacques, qui fait écho aux propres mots de Victor.

> *À vous, Toscane,*
>
> À celle qui s'aime enfin *et chuchote :*
> *Il est retrouvé. Quoi ?*
> Le lien qui me fascine.
>
> *Jacques*

La musicienne regarde la mésange, repue de miettes de pain au chocolat, reprendre son vol.

Le lien qui la fascine.

Dans la chanson du film de Sautet, elle passe là-haut dans le ciel « comme une dédicace ».

29

En quittant la terrasse de la brasserie, Toscane n'a qu'une idée en tête, avant de pouvoir enfin retrouver Victor : honorer ces rendez-vous, ceux qui vont lui permettre de commencer l'écriture de sa symphonie et sans lesquels rien ne pourra se faire. Pour ne plus jamais devoir se taire, ne plus jamais se cacher ni s'excuser. Pour trouver simplement sa place, celle qu'on lui a refusée, celle qu'elle n'a pas su prendre.

Toscane s'engouffre dans un taxi et saisit dans son sac un billet de train. Elle quitte Paris dans une heure. Le rendez-vous est fixé depuis une semaine. Elle a souligné la date dans son agenda avec ce prénom inscrit en rouge en lettres capitales : *LAURE*. Toscane a conservé l'intégralité de leurs échanges de SMS dans son téléphone. C'est donc aujourd'hui, mardi. L'arrivée à Foix est annoncée à 13 h 32. Toscane ne connaît ni cette ville ni la région. Elles auront du temps pour discuter. Toscane a prévu de dormir à l'hôtel. Pourquoi fait-elle cela ? Pourquoi rencontrer Laure ? Elle suit l'élan de son corps et de sa tête qui sont déjà en route vers l'Ariège.

Dans le train, elle prend soin d'identifier le visage de Laure sur une photo en noir et blanc qu'elle a retrouvée dans un vieil album au fond d'un placard. Traits gracieux, bouche fine, cheveux au carré, regard profond. À son arrivée, après sept heures de trajet, la gare de Foix est déserte. Personne ne l'attend sur le parvis. Seule une famille célèbre de joyeuses retrouvailles. Laure est peut-être en retard. Elle lui a bien dit qu'elle viendrait la retrouver. Dix minutes s'écoulent. Toscane ose un message :

> Bonjour Laure,
> je suis arrivée en gare de Foix.
> Bien à vous.
> Toscane

La sonnerie de son téléphone retentit dans la foulée. Laure, surprise, cache à peine son agacement :

« Toscane, je ne comprends pas, nous devions nous retrouver demain, mardi. »

Toscane jette un œil sur son calepin. Aujourd'hui est un lundi.

« Vous vous êtes trompée de jour, Toscane. Je serais volontiers venue vous chercher si j'avais pu mais là, aujourd'hui, c'est impossible, je ne suis même pas dans la région. Je ne peux absolument pas me libérer et j'en suis désolée pour vous. »

Son ton est ferme, définitif. Après un silence interloqué, Toscane ne peut réprimer un éclat de rire qui vient de loin, qui libère, qui réconcilie. Laure finit aussi par s'en amuser. Toutes deux se saluent, confuses, sans même proposer une autre date de rendez-vous. Toscane se retrouve seule dans cette gare anonyme, face à elle-même. Elle ne rencontrera pas Laure. Elle a compris qu'elle n'en avait plus besoin, que cet acte manqué révèle en fait son propre désir, *son acte*, de ne pas y aller. Toscane s'avance vers le guichet. Elle reprend immédiatement un train pour Paris. Le départ est imminent. Juste le temps de rejoindre le quai. Le paysage défile dans l'autre sens et rembobine la pellicule de ce rendez-vous fantôme dont seul le souvenir restera figé sur la page d'un agenda. Toscane se sent parfaitement à sa place, côté fenêtre, dans ce train de retour qui file le long des alignements d'arbres aux feuilles dorées et jaunies par l'automne. Sur l'écran de son téléphone, un message s'affiche.

Faites-vous confiance, Toscane. Votre mari vous a aimée, passionnément, comme il a pu. Chacun a fait de son mieux. Vous aussi. Notre histoire n'a rien à voir avec la vôtre, elle appartient au passé. Votre amour est unique, imparfait sans doute, mais il a existé grâce à vous deux et il a contribué à faire de vous ce que vous êtes devenue aujourd'hui. Plus forte, enfin indépendante et libre. Vous n'aviez pas

envie de cette rencontre mais vous êtes allée jusqu'au bout du chemin. À vous d'apprendre à vous détacher du passé, à changer de mémoire pour découvrir celle qui sommeille et s'éveille délicatement. À vous d'écrire la suite. À mon avis, Toscane, aujourd'hui vous aviez rendez-vous avec vous-même et à vous entendre rire à l'autre bout du fil tout à l'heure, elle s'annonce joyeuse, cette réconciliation. Alors, honorez-la, honorez-vous avec bienveillance. Aimez-vous, Toscane. Vous le méritez.
Laure

Toscane éteint son téléphone, ferme les yeux. Il est joli, ce prénom, en langue des oiseaux : *Laure… l'or.* L'or de l'automne qui scintille au soleil couchant. L'or en soi, celui caché sous la poussière. Il suffit parfois de souffler sur la surface pour qu'il brille de nouveau.

30

Le lendemain matin, Toscane se réveille apaisée dans son appartement. Elle file prendre une douche. Elle ouvre les rideaux en grand, fait glisser les panneaux de la baie vitrée d'un geste ample, énergique. Laisser entrer l'air, le soleil, réchauffer son appartement endormi. Elle s'amuse à regarder les fines particules de poussière danser dans les rais de lumière qui se dessinent sur le parquet du salon. Toscane sait qu'il lui reste à passer un dernier coup de balai. Elle est prête. Pour rien au monde elle ne manquerait ce moment. Pas question de faire demi-tour.

Elle saisit son manteau, attache ses longs cheveux bruns encore humides en un chignon ébouriffé et referme la porte. Toscane n'est jamais revenue au conservatoire de musique depuis le baiser volé de l'été. Elle n'y donne plus de cours. Personne ne l'attend. Mais aujourd'hui il est temps pour Toscane de le revoir, d'oser le regarder enfin dans les yeux, celui qui a cru la posséder, l'humilier, l'anéantir.

Quand elle entre dans le bâtiment, le hall majestueux est vide. Il est encore tôt. Toscane emprunte le vieil escalier sombre qui mène à l'étage de la direction. Elle ne ressent aucune appréhension. Chaque battement de cœur rythme sa progression assumée vers le bureau du directeur. Elle se sent parfaitement à sa place dans ce conservatoire qui lui est pourtant devenu étranger. La porte est entrouverte. L'homme est assis à son bureau. Silencieux, il rédige un document. Son dos est légèrement courbé. Il est seul, désespérément seul dans cette immense pièce sombre. Il sent un souffle effleurer son visage quand Toscane pousse la porte et s'approche. Il lève la tête, repose son stylo, tente un timide sourire mais devant le visage fermé de son ancienne collaboratrice, il baisse les yeux. Toscane le fixe d'abord avec dégoût, puis mépris et enfin indifférence.

« Décidément, votre lâcheté vous a toujours honoré, que ce soit aujourd'hui, dans ce bureau, comme dans cet ascenseur. Comme vous pouvez le constater, la fragile violoniste a survécu et vous n'aurez plus jamais de prise ni sur ma vie ni sur ma carrière. Vous pensiez m'avoir mise au pas comme tous les sujets de votre aréopage obéissant, vous croyiez m'avoir dominée. Sachez que je n'ai jamais été aussi libre, vivante et heureuse qu'aujourd'hui. »

Le silence autour d'eux est épais. Infranchissable. Toscane n'attend aucun mot de sa part, ne tolère aucune excuse. Elle lui fait face, debout, impassible.

Sa seule présence devant lui est une victoire. Elle poursuit :

« Plus jamais ça. Vous m'entendez ? Plus jamais ça. »

Sa voix est déterminée, intransigeante. Elle ne prononce rien de plus et quitte le bureau.

En sortant du conservatoire, Toscane ne se sent ni soulagée ni réconfortée. Elle sait qu'elle a enfin récupéré le corps qu'on lui avait volé, sa bouche et les mots qui étaient restés muets, prisonniers de cet ascenseur. Plus jamais ça ! Un instant, elle a eu envie de le gifler, a pensé l'insulter. Elle s'est vue projeter au sol d'un revers de bras rageur l'ensemble des affaires qui se trouvaient sur son bureau. « Pauvre type ! » Mais non, même pas. À quoi bon ? Toscane a l'assurance de celles qui ont retrouvé leur dignité, cette fierté qui permet de rester ancrée, alignée. Elle sait désormais ce qu'elle ne veut plus subir, ce qu'elle n'endurera plus jamais. Toscane est en paix avec elle-même.

31

La vision de Paris qui s'éveille devant elle est bruyante et agitée. Toscane laisse ses pupilles s'accommoder à la lumière qui éblouit. Sur le parvis devant le conservatoire, elle est troublée par cette sensation de vertige alors que son corps se réadapte aux ronronnements des moteurs de voitures après ce face-à-face sinistre et lugubre. Ses yeux amusés se posent sur une nuée de pigeons qui picorent des miettes de pain éparpillées sur la chaussée. Toscane revient au monde tout doucement. Elle suit du regard le déplacement des passants pressés, elle qui n'a qu'une envie, composer pour eux, pour tous ces inconnus qui passent sans même se voir, sans même se rendre compte qu'ils respirent le même air, qu'ils sont liés entre eux. Jouer loin de ce conservatoire et faire renaître l'humain. Avancer, pour tous ceux qui ont été méprisés, malmenés, ceux qui ne trouvent plus la force de continuer. Leur redonner le goût de la vie comme on lui a insufflé, à elle, l'envie de renaître.

Toscane est une fille de mars, celle qui éclôt à chaque printemps après l'hivernage forcé. Cette fois, le souffle vient de loin, du plus profond de ses entrailles. Frais, vif, pur. Toscane s'approche d'une bouche de métro. Elle descend l'escalier. Elle le sait, elle le sent, l'écriture de sa symphonie a déjà commencé et c'est ici qu'elle se révélera, station Les Halles. La résonance est si belle sous terre. Ses notes inciteront peut-être tous ces voyageurs à lever les yeux sur la silhouette, le corps et le visage des invisibles. Elles leur redonneront vie là où l'indifférence et le dédain déshumanisent. En arrivant sur le quai, en pleine heure de pointe, Toscane aperçoit immédiatement ce jeune homme assoupi sur un siège en plastique orange fixé au sol. Pourquoi lui, pourquoi cette station ? Elle s'avance et décide de s'installer, à ses côtés, invisible elle aussi dans cet amas d'ombres multicolores compressées sur le quai bondé. Elle pose son étui sur le sol, empoigne son violon et laisse glisser l'archet sur les cordes. Un tango d'Astor Piazzolla, libre, rythmé, rassurant comme les battements d'un cœur qui résonne, s'emballe et trouve enfin son tempo. Et puis c'est parfait, un tango. Ça se danse à deux !

Le jeune homme se réveille, hagard. Toscane ignore tout de lui. Elle remarque qu'il porte un costume sombre, élimé, une chemise déchirée et un vieux sac à dos. Ses cheveux sont ébouriffés, ses ongles longs et noircis par la crasse sont cassés par endroits, ses chaussettes trouées. Son regard vide. Toscane a appris que sous terre, trois semaines suffisaient pour tout perdre, pour se perdre. Lui est déjà loin dans cette vie sans repères, sans attaches, sans mémoire. Il paraît calme, attentif aux notes délicates qui s'échappent du violon de Toscane. À la fois présent mais déjà ailleurs.

« C'est très beau. Merci, madame. Vous donnez là un très joli concert. Le public est comblé. C'est rare, un spectacle de cette qualité dans le métro. »

L'homme se redresse sur son siège. Sur le quai, personne ne s'arrête, personne ne les remarque, tous passent sans un regard. L'invisible du métro replie avec soin son sac de couchage et enfile ses mocassins usés et déformés.

« Je vous laisse avec votre public. Je dois partir travailler. Mes élèves m'attendent à la piscine. Vous savez, je suis maître-nageur. Je viens de faire une petite sieste comme tous les matins. Ça épuise, le sport. D'ailleurs, je crois ne pas vous connaître. Je m'appelle Rémi. »

Toscane, surprise et attendrie, se présente à son tour. Elle lui souhaite une belle journée et un bon entraînement. Sur son avant-bras gauche, elle remarque un large pansement imbibé de sang.

Toscane apprendra bien plus tard par le personnel du métro que Rémi erre ainsi depuis des mois. Personne ne sait d'où il vient ni où il va. Il raconte cette histoire de piscine à qui veut l'entendre. Peut-être a-t-il été un jour maître-nageur ou aurait-il aimé l'être. L'homme dort tous les soirs dans cette station, sur le même siège. La journée, il marche. La première fois qu'il a rencontré Rémi, le médecin qui l'a soigné avait découvert des larves de mouches dans sa plaie. Rémi survit en dissociant son corps de sa tête. Même pas mal. C'est ainsi qu'il erre, sans identité, sans passé ni mémoire.

En remontant à l'air libre, après la noirceur et l'humidité d'un couloir de métro, Toscane replace délicatement l'étui de son violon sur son épaule droite. Elle sent le soleil réchauffer sa peau. De sa main gauche, elle palpe son bras, le masse puis frotte vigoureusement ses mains entre elles, les réchauffe, comme si la force de résistance de Rémi s'était incrustée en elle, dans chaque pore de sa peau. Ne plus jamais oser l'abandonner, le maltraiter, l'oublier, ce corps qui vibre. Toscane n'a plus qu'une obsession : composer cette symphonie pour Rémi et tous les autres invisibles, et les aider à refaire surface un jour, comme elle.

32

Toscane continue de suivre son instinct, comme une urgence. Dans ce train sous la Manche qui la conduit en Angleterre, elle se sent forte comme jamais, forte comme deux. Cette dernière escale s'impose comme une évidence, une nécessité enfouie au plus profond d'elle et qui s'extirpe de ses tripes. Une impulsion fougueuse jaillit de tout son être. Elle est lancée, comme le projectile à l'extrémité d'une fronde, propulsée avec détermination vers sa nouvelle vie.

Toscane a rendez-vous dans le Dorset. La maison est dissimulée sous d'immenses châtaigniers touffus et centenaires. Elle se tient à présent devant un vieux portail en bois décoloré qui s'ouvre sur une interminable jetée. La promenade étroite serpente au-dessus de la mer et semble se jeter dans le ciel. Dans le village, cette longue avancée de pierres noires s'appelle le Cobb. Certains navires s'y sont échoués par forte houle. La légende raconte qu'une jeune femme a sauté de la jetée une nuit de désespoir, refusant d'épouser l'homme qui lui était promis. Elle a desserré le corset qui lui étouffait le corps, pris soin de détacher ses longs cheveux ébène emprisonnés depuis trop longtemps dans un chignon strict. Sa frêle silhouette semble encore déambuler certains soirs sous la lumière blanche de la lune, giflée par les embruns, désespérée mais enfin libre. La belle Sarah, la fille du Cobb, n'était pas faite pour cette vie-là, en avance sur son temps, à l'étroit dans une société victorienne, puritaine, qui emprisonne la femme innocente et naïve, objet de l'homme et de ses fantasmes. Le corps de Sarah n'a jamais été retrouvé.

« Ma chère Toscane, quel bonheur de vous voir ici. »

La voix de John est grave et douce. Toscane n'a pas revu John Fowley depuis ce concert à Londres avec le Royal Philharmonic Orchestra, il y a presque dix ans. La jeune violoniste avait à peine osé saluer le maestro à l'époque. Cette fois, c'est elle qui a entrepris le voyage pour le retrouver. L'homme âgé et fatigué ne quitte plus sa demeure anglaise et sa serre d'orchidées blanches et mauves depuis la mort de son épouse. Toscane sent sous ses mains le corps chétif de John. Ils se serrent fort, se reconnaissent. Ils sont émus, heureux, bouleversés.

« Ma chère amie, j'ai beaucoup pensé à vous pendant toutes ces années. Vous n'avez jamais quitté ma mémoire. Vous ressemblez si fort à Sarah, chère

Toscane, forte et fragile, libre et entravée, méfiante et naïve à la fois. Pourtant, aujourd'hui, je l'ai compris à votre démarche dès votre arrivée, vous ne sauterez jamais du Cobb. Elle a bien grandi, la jeune violoniste de Londres. Elle est impressionnante. C'est sans doute ce que vous êtes venue me confirmer, ma très chère ? »

Le large sourire de Toscane est une invitation à la vie.

« Vous vous souvenez, John, des mots que vous aviez prononcés à l'époque, juste avant le concert. » John reste silencieux, attentif. « Je n'ai cessé d'y repenser. Vous aviez comparé le travail d'un artiste au vol d'un oiseau. » Les bras de Toscane miment les ailes déployées d'un goéland qui prend son envol. « J'ai enfin compris le message que vous vouliez transmettre, John. Il m'a fallu du temps, des années, les quarante premières années de ma vie pour le comprendre. Mais j'y suis arrivée et je suis venue vous remercier. »

John enserre délicatement les mains de son amie dans les siennes. Il l'encourage à poursuivre.

« J'ai compris qu'ils avaient un sens caché. Que je m'étais fourvoyée. J'ai appris qu'il existait une autre langue, la langue des oiseaux, dans laquelle coule, selon certains, "le sang des aïeux". J'ai découvert que vos mots étaient une invitation à cheminer vers mon passé et à ne pas rester prisonnière de mes peurs. J'ai retrouvé l'autre part de moi, celle que je n'avais pas osé dévoiler, celle qui affleurait sans jamais s'affirmer. Grâce à la magie des mots et le vol des oiseaux, j'ai enfin compris pourquoi le violon s'était imposé à moi. Et c'est en français que cela prend tout son sens, vous qui aimez et comprenez si bien notre langue. Les syllabes du mot VI-O-LON chantent comme une VIE AU LONG… COURS. Une vie de patience indispensable pour retrouver la confiance en soi et enfin imaginer ma symphonie. »

John fait un pas en arrière pour mieux contempler cette femme métamorphosée qui se tient devant lui.

« Comme vous avez bien fait, chère Toscane, d'être venue me rendre visite aujourd'hui. Je suis heureux d'être encore en vie pour assister à ce spectacle merveilleux. Merci. »

John rentre un instant puis ressort de la maison, un coffret de velours noir dans la main. Il ouvre délicatement la boîte, dévoilant une broche ancienne d'or et d'ébène.

« Elle appartenait à mon épouse. Élisabeth et moi, nous vous l'offrons. » John épingle le bijou sur le revers de la veste de Toscane. « J'ai toujours su que la vie était une musique universelle que chacun prend le temps d'interpréter à sa manière. La vie me manque désormais, Toscane. Je ne serai plus là pour découvrir votre symphonie, je suis un vieil homme, mais je l'entends déjà. Elle résonne, pleine, tout au fond de moi et elle m'enchante déjà puisque c'est la vôtre. »

John et Toscane regardent le Cobb scintiller sous le soleil. La mer est lisse, calme et sereine. Aucune trace de l'ombre de Sarah ne vient obscurcir leurs émouvantes et ultimes retrouvailles.

33

En entendant ses pas sur le palier, Victor comprend que Toscane est de retour. Elle a terminé ses rendez-vous, a déposé son baluchon, réglé ses *choses de la vie*. Il a le sentiment qu'elle a recomposé la mosaïque d'une vie dont les carreaux s'étaient éparpillés sur un sol poussiéreux. C'était une question de survie. Victor est fou de joie de la retrouver. À sa manière volubile de poser son sac dans le couloir de l'entrée, au claquement décidé de ses talons sur le parquet, à la fougue animale qui l'anime quand elle se jette dans ses bras, Victor sait que Toscane a trouvé son chemin.

Pendant son absence, il s'est installé dans un nouvel appartement. Le leur désormais. Un double des clés attend Toscane sur la console du couloir. Sur le balcon, un canapé en osier, le même que celui de la terrasse de l'hôtel, s'impatiente. L'air est frais ce soir. La porte de la chambre est entrouverte. Victor a disposé une bouteille de bourgogne sur la table basse. Ils ont toute la nuit pour la déguster. Le début du reste de leur vie pour s'aimer.

34

Sa symphonie est en marche. Toscane ne quitte plus l'appartement. Elle s'y enferme des jours et des nuits. Elle noircit des suites de portées musicales, accroche des croches et des doubles sur les lignes, gomme des noires, inscrit des blanches, griffonne des dièses et précise les clés, fait disparaître des bémols. Les feuilles raturées, déchirées, finissent par recouvrir le parquet de la chambre.

Victor assure chaque jour le nécessaire vital. Il cuisine quand elle oublie de manger. Il n'oublie pas de déposer sur son bureau une carafe d'eau fraîche, une tasse de café, un verre de vin quand l'envie lui prend de sentir sa tête danser. Ils épuisent leur corps à s'aimer, rassasient leur peau de caresses et de baisers. Pendant qu'elle compose, Victor organise sa prochaine tournée et coche les dates qui s'accumulent sur son agenda. Les programmateurs se l'arrachent, elle, Toscane, qui avait décidé, il y a quelques semaines à peine, de tout arrêter. Toscane est désirée, attendue, espérée. Elle sourit. Elle n'a pas l'esprit de revanche, ne ressent aucune amertume ni rancœur, n'éprouve aucune vanité de toute-puissance ou de jouissance indécente. Le baiser volé s'est envolé, la lettre de désespoir est brûlée, son rendez-vous avec Laure, joyeusement manqué. Toscane est en vie, là où elle mérite d'être, indifférente à la jalousie, en accord avec elle-même.

« Tu m'as sauvée, Victor. »

La musicienne répète à l'envi cette phrase, qui résonne dans tout l'appartement, entre deux séances de travail. Les maux ont éclos en mots et libéré la souffrance. Il y a quelques jours, elle a accroché sur le mur, juste au-dessus de l'oreiller de Victor, une carte postale qu'elle avait dénichée dans une petite boutique de souvenirs, le long des quais. Pas un cliché de Paris, mais une citation de Nietzsche, écrite en noir sur fond blanc : *Il faut porter en soi un chaos pour pouvoir mettre au monde une étoile dansante.* La nuit, quand elle finit par s'endormir, terrassée par la fatigue, Toscane est blottie tout contre Victor. Les paumes de leurs mains entrelacées caressent le bas de son ventre qui commence discrètement à s'arrondir. Bien au chaud, une petite étoile danse en silence.

35

« Merveilleuse. » Ce sont les premiers mots que Toscane découvre sur l'oreiller à son réveil ce matin. Elle reconnaît l'écriture de Victor et respire l'odeur délicate d'une rose fraîchement coupée. Toscane a terminé il y a quelques heures à peine sa grande symphonie. Cette dernière nuit à composer a été éblouissante, parsemée d'étoiles lumineuses et virevoltantes, inspirantes, comme les mots de Nietzsche. Elle a posé sa dernière note dans une obscure clarté, telle une rescapée.

Chaque coup d'archet de Toscane a été témoin de ce chaos intérieur et fertile qui lui a permis de donner corps à son étoile dansante. Elle étire son torse engourdi sous le drap blanc, déplie son dos, détend ses bras, redresse son cou, fait tourner ses poignets qui se réveillent en légers craquements réguliers. Puis elle croise ses jambes en tailleur, les pieds calés sur l'intérieur des cuisses. Ses yeux sont fermés, les mains en prière contre sa poitrine. Toscane ne croit pas en Dieu. Elle a foi en la vie, en l'humain. Elle inspire profondément ce souffle frais et matinal qui fait gonfler sa poitrine, cet air vital sans lequel elle serait inerte, desséchée, morte et enterrée. Elle se remémore les mots de son professeur de yoga : « Rends grâce à ce corps sans lequel rien ne serait possible, ni marcher, ni courir, respirer ou aimer. Respecte-le et accueille-le tout entier, en résilience. »

Dans son crâne, chacune des lettres tourbillonne et prend sa place. Elle repense aux anagrammes de Jacques. Toscane rit en silence. La résilience, celle qui coule, sucrée et onctueuse comme le miel dans la gorge. Rire comme un pied de nez à la mort. Rire d'être en vie. Un discret claquement de doigts sur le bois de la porte résonne de l'autre côté de la chambre. Victor entre, un café brûlant dans une main, un livre dans l'autre. La barbe naissante, joliment grisonnante, il sourit à Toscane. Son visage trahit l'émotion pudique et comblée d'un homme qui s'apprête à devenir père :

« Merveilleuse Toscane, tu seras une *mère veilleuse*. Tu vois, moi aussi j'ai appris à faire danser les mots ! »

Victor s'allonge auprès d'elle. Il ouvre son livre à la page 22.

« En attendant que tu te réveilles, j'étais en train de lire *La Plus que Vive*, de Christian Bobin, et ce passage m'a fait penser à toi. Écoute : "Les meilleures mères sont ce que le monde appelle des mauvaises mères, celles qui ne pensent pas qu'à leurs enfants, ou si l'on veut, les meilleures mères sont celles qui n'oublient pas d'être aussi, avec autant d'intensité, femmes, amantes, enfants, je ne sais comment faire entendre une chose aussi simple, je ne sais comment expliquer l'évidence, ce que sont les meilleures mères, une seule phrase peut le dire et elle convient pour le tout de ta vie comme pour le bloc de ta mort : elles se donnent et s'en vont." »

Dans la mémoire de Toscane flotte le doux visage de sa mère, ses cheveux courts, à la garçonne, tandis qu'elle est allongée sur le sofa de la terrasse à l'ombre des oliviers. Une femme généreuse, une mère aimante, une amoureuse passionnée qui a vécu intensément, a aimé de toutes ses forces et a fait de son mieux pour trouver sa route sur le chemin escarpé. Elle a cheminé et s'en est allée comme elle a pu.

« Auprès de toi, mon amour, j'espère être la meilleure des plus mauvaises mères. »

Toscane embrasse Victor longuement, lentement. L'un contre l'autre, bientôt l'un dans l'autre.

36

La pluie tombe sur Paris. Avant, cela les rendait tous les deux mélancoliques. Plus maintenant. Victor et Toscane sortent de l'appartement, leurs corps encore engourdis d'amour. Toscane incline la tête vers le ciel, les gouttes d'eau inondent son visage. Elle lèche ses lèvres mouillées. Victor serre la main de Toscane dans la sienne. Son pardessus trempé leur sert de parapluie. Sur son épaule droite, Toscane porte son violon protégé dans son étui. En haut de la bouche de métro, le panneau de la station indique « Les Halles » en lettres capitales. Ils s'y engouffrent.

« Je désire te présenter quelqu'un qui m'a bouleversée, Victor. »

En bas des marches, Rémi les accueille avec un large sourire. Son costume, toujours le même, troué, souillé, déformé, a des allures cette fois de tenue de gala. Elle avait promis à Rémi qu'elle lui offrirait un jour son récital, un cadeau rien que pour lui. Toscane tient toujours parole. Elle s'installe face à Rémi.

Victor se tient en retrait, intrigué, ému déjà. Rémi est assis, seul et impatient. Il attend, les yeux brillants comme ceux d'un enfant qui reçoit un cadeau inestimable. Autour d'eux, des corps se faufilent sans se toucher, des vies se croisent sans faire connaissance. Toscane dispose sur un pupitre la partition de sa symphonie. Rémi tourne la tête vers cet homme qu'il rencontre pour la première fois. Ils se regardent, se considèrent, se reconnaissent déjà dans leur force et leur humanité. Ils se sourient. Dans l'anonymat, la froideur et la poussière d'un quai de métro, se joue l'histoire décisive de destins entremêlés.

L'archet caresse les cordes de l'instrument. Les notes du violon de Toscane investissent chaque centimètre cube d'espace, étouffent peu à peu le cliquetis mécanique des rames du métro. La musique semble insuffler de l'air dans la bouche de chacun de ces corps fantômes qui tout à coup redeviennent chair. Quelques voyageurs ralentissent leur course effrénée, lèvent la tête, écoutent, regardent, se reconnectent à l'instant. D'autres s'arrêtent, se regroupent et prennent place à côté de Rémi. Alors qu'elle continue de jouer, Toscane remarque que le pansement sanguinolent sur le bras du maître-nageur fantasque a disparu. Les larves de mouches ne grignotent plus la plaie de sa blessure. Il a suffi d'une rencontre et d'un récital improvisé pour que l'invisible du métro récupère un visage et un corps, sa place parmi les vivants. Entre les lignes d'une partition de musique,

Rémi égrène les syllabes de son prénom, *ré* puis *mi*… *fa*… *sol*… Les notes de son identité retrouvée.

Toscane n'a jamais cru au hasard des événements, des rencontres et des lieux.

Des larves de mouches sur la plaie d'une blessure.

Rudes souvenirs de la place brumeuse des Halles.

La vie de Rémi, station Les Halles, a été en effet rude et brumeuse mais elle ne sera bientôt plus qu'un mauvais souvenir. « Merci, Jacques, pour la force de cette anagramme révélatrice. Vous avez décidément raison de faire ainsi danser les mots. » Le meilleur reste toujours à venir.

37

Toscane n'aurait jamais imaginé entamer une tournée mondiale sur le quai d'une rame de métro parisien. Elle est loin de se douter de la suite de la programmation que lui réserve Victor, son nouveau manager :

« Je t'annonce, mon amour, que tu es maintenant attendue à la Scala de Milan ! »

Dans l'avion qui les conduit en Italie, Victor dépose son agenda sur la tablette face à son siège. Au feutre rouge, il a recopié une longue liste de dates. Il a pris soin de détailler la dizaine de noms de théâtres et d'opéras qui doivent accueillir la musicienne au cours des prochains mois.

« Évidemment, il y aura des répétitions mais ensuite, ce sera Venise et la Fenice. Puis on partira à Londres, au Royal Albert Hall, avant un petit retour à la maison, à l'Opéra Bastille à Paris. On enchaîne avec la Monnaie à Bruxelles. Le Nationaltheater de Munich en Allemagne. Un peu plus tard, ce sera l'Opéra de Sydney. Le Teatro Colón de Buenos Aires, et l'on termine pour ces toutes premières dates au Metropolitan Opera de New York. Tu vois, tu l'auras enfin, ton concert au Met, mon amour, et tout ça grâce à ton talent et à ta persévérance. Ça fait déjà pas mal pour ta toute première tournée, tu ne crois pas ? »

Toscane reste sans voix. Elle était loin d'imaginer l'ampleur de l'aventure. Elle laisse glisser sa tête sur l'épaule de Victor, qui l'enlace vigoureusement. Elle prend conscience du chemin parcouru, des virages secs qui l'ont malmenée, des flancs de montagne raides et tortueux qui l'ont blessée, des fossés lugubres et profonds qui l'ont laissée pour morte. La petite Italienne n'a jamais rien concédé, malgré les genoux écorchés, les pieds nus lacérés, la gorge sèche, la respiration suffocante, la douleur anesthésiante. Elle s'est chaque fois relevée, malgré son corps en sang. Victor embrasse Toscane.

« J'ai quelque chose à te transmettre, mon amour. »

Il saisit une enveloppe dans son dossier. L'avion ne va pas tarder à atterrir.

« Cette lettre est pour toi, Toscane. Ton père me l'a envoyée pendant que tu étais en Angleterre chez John. Je ne sais pas comment il a fait pour retrouver ton adresse après tout ce temps mais il faut croire qu'il t'a cherchée, longtemps. J'ai pensé que c'était le bon moment pour te la donner. Après tout, l'Italie t'a vu naître. Alors la voici peut-être, la dernière réponse à tes interrogations. »

Des larmes s'échappent des yeux de Toscane. Elle les essuie, d'une main énergique. Elle ne leur laisse pas le temps de couler sur ses joues. C'est trop tôt. Toscane n'arrive pas à parler. Les mots eux-mêmes restent silencieux. Elle n'espérait plus revoir son père, ne l'envisageait même plus. Et la voilà qui déferle, inattendue, insolente, effrontée, cette vie qui n'en fait qu'à sa tête. Toscane est traversée par un sentiment de colère vive mêlé de tendresse, oui, de tendresse, pour ce père qui se risque à réapparaître.

38

Après avoir récupéré leurs bagages à l'arrivée à l'aéroport de Milan, Toscane et Victor s'engouffrent dans un taxi. La nuit est tombée sur la ville. Ils ont prévu de se rendre à l'hôtel directement. Demain, les répétitions débutent. Le concert est programmé pour la semaine prochaine. Toscane voit défiler à travers la vitre les façades lumineuses et les rues foisonnantes de la capitale lombarde. Pourquoi son père a-t-il décidé de ressurgir dans sa vie aujourd'hui ? Un souvenir refait brutalement surface. Des vacances, alors qu'elle est enfant, avec ses parents et une promenade qui les conduit devant la Scala. Elle entend au loin ces mots de petite fille qui résonnent, intacts, comme une promesse : « Un jour, quand je serai grande, je jouerai ici avec mon violon. »

Toscane serre entre ses doigts l'enveloppe que Victor lui a remise. Dans sa mémoire flotte l'image furtive d'une famille qui a un jour été heureuse. Pourquoi sa mère s'est-elle suicidée ? Pourquoi ses parents l'ont-ils abandonnée ? Pourquoi cette lettre maintenant ?

« Changement de programme, mon amour ! » La voix de Toscane brise le silence de la nuit dans le taxi. Les mots s'imposent, pressés, insistants. « Je n'ai pas envie de rejoindre l'hôtel. Pas tout de suite. Pas comme ça, avec cette lettre entre les mains. Et si on faisait un détour par la Scala, juste un instant, tu viens avec moi ? C'est important pour moi. »

La façade du théâtre est encore illuminée et éclaire la statue de Léonard de Vinci qui trône sur la place de la mairie, devant le majestueux Palazzo Marino. Le couple pénètre en silence dans l'édifice désert. Le veilleur de nuit reconnaît la musicienne et les laisse entrer avec un sourire intimidé. La salle est vide. La représentation précédente s'est terminée plus tôt dans la soirée. Le foyer intérieur s'offre à eux, fastueux, puis l'imposante salle rouge et or agrémentée d'une multitude de loges sur quatre étages et de deux galeries. L'immense scène se dresse en surplomb, devant l'orchestre.

Submergés par l'émotion, Toscane et Victor s'avancent à pas feutrés. Ils prennent place sur deux sièges en velours rouge, au fond de la salle. Ils restent silencieux. « Un jour, je jouerai ici… » Toscane décachette lentement l'enveloppe. Elle déplie la feuille couverte d'encre violette et se décide à la lire à haute voix, tout contre Victor :

Ma fille,

Pourquoi décider un jour d'en finir ? Comment cette pensée insidieuse s'immisce-t-elle dans le crâne et le corps entier jusqu'à condamner tout espoir de retour ? Cette question me hante encore. Quand j'ai appris le suicide de ta mère, j'ai moi aussi voulu disparaître, avaler par poignées les mêmes médicaments qu'elle, pour la retrouver, la faire revenir, la sauver, moi, l'arrogant, présomptueux, orgueilleux professeur rongé par l'ambition qui n'a cherché qu'à fuir, fuir ma peur, ma honte d'aimer, mon angoisse de devenir père. Mais je n'ai pas pu. Je n'ai pas su.

Les mots que je t'écris doivent certainement t'étonner. Ils sont pourtant sincères. Je ne suis pas l'homme que tu crois, ce monstre froid. Ta mère et moi avons fait de notre mieux et ce n'était à l'évidence pas une réussite. Fuir ou rester. Vivre ou mourir. S'aimer et pardonner. Nous avons pris, elle et moi, des chemins différents. Je ne peux revenir sur le passé. Je ne peux réécrire l'histoire. Je peux juste essayer de la poursuivre et te dire qui je suis devenu au crépuscule de ma vie. C'est la raison pour laquelle je t'écris enfin, ma fille. Car qui suis-je donc de plus ? Le miroir me renvoie l'image d'un homme vieux et malheureux. Il m'informe que le temps des amours est passé, que le soir de ma vie approche. L'envie d'aller voir la face cachée du temps, de la mort, me caresse un instant. Pourtant, je n'ai aucun désir de mourir. Le plus tard possible désormais. Je sais que ta maman ne reviendra pas. Il me faut continuer à vivre comme je me suis habitué à le faire, avec cette face sombre à accueillir, afin de supporter l'homme que je suis, tout entier, inachevé, complexe. Ce n'est pas satisfaisant, mais c'est mieux que de mourir. Et puis, je ne veux pas partir avant d'avoir rencontré la femme que tu es devenue. Je ne veux pas mourir avant de t'avoir embrassée une dernière fois, ma petite fille. Il m'a toujours manqué une partie de moi sans toi.

Pardonne-moi, pardonne-nous.

Je t'aime, Toscane.

En bas de la page, son père a laissé un numéro de téléphone en guise de signature. Sur certains mots, des larmes ont effacé quelques lettres, au hasard. Comme un goût d'inachevé.

39

Toscane détaille la calligraphie de la lettre, ronde, large et vacillante par endroits. Elle imagine la main de cet homme, vieillissant, fatigué, bouleversé sans doute par l'émotion de poser enfin des mots après toutes ces années de silence. Elle n'hésite pas. Pas une seconde. Calmement, elle compose les dix chiffres du numéro de téléphone dans le théâtre. Elle accueille en elle cette douleur du manque. Cette absence la comprime depuis l'enfance. Elle se libère peu à peu à chaque tonalité qui résonne dans son oreille et la rapproche de ce père qui l'a laissée toute seule. Puis cette voix, proche et lointaine à la fois, surgit. La voix d'un vieil homme qu'elle retrouve. Son père. Sa voix s'était dissipée dans sa mémoire, recroquevillée dans un recoin de souvenir oublié. Elle refait surface, familière, reconnaissable entre toutes, comme quand elle avait 10 ans. Aimante, délicieusement réconfortante :

« Bonjour, Toscane… »

Il lui suffit d'entendre ces deux mots pour qu'enfin, en un instant, Toscane se détache d'une histoire qu'elle s'est efforcée de porter et qui n'était pas la sienne. Comprendre qu'elle n'a jamais été responsable du destin tragique de ses parents. L'histoire d'amour de cet homme et de cette femme ne lui a jamais appartenu. Son père et sa mère ont fait comme ils ont pu. Partis chacun à leur manière. Toscane pensait qu'elle en voudrait à son père, qu'elle ne parviendrait jamais à faire taire cette colère en elle, si un jour il redonnait signe de vie. Ainsi va la vie, inattendue, surprenante, rebelle et indulgente. Ainsi va Toscane. Elle contemple de loin cette petite fille et son violon dans une cabane en bois au milieu d'une oliveraie. Elle imagine son visage au soleil couchant. Il n'est pas triste. Il est apaisé, un visage d'enfant, en sécurité. Elle sait maintenant qu'elle a été aimée. Peut-être mal, peut-être pas assez, mais cet amour a existé et il perdure aujourd'hui. Le reste n'a plus guère d'importance. Elle sent qu'elle doit retrouver ce père qui lui a tant manqué. Elle doit reconstituer cette famille amputée. Il est temps de se libérer de cette petite fille encombrante pour laisser place à la vie d'après, qu'elle accueille désormais à bras ouverts. Elle est sans doute là, la résilience de Toscane.

40

Victor a écouté chaque mot de la lettre que lui a lue Toscane. Il a senti son cœur battre en écho et résonner fort dans le théâtre endormi. À lui aussi, une voix a suffi pour faire ressurgir celle d'un père violent et ne plus la redouter. Il est temps pour lui à présent de réconcilier le passé et le présent.

Victor revoit ce petit garçon qu'il a quitté devant la fenêtre de l'appentis au fond du jardin. Seul, en souffrance. Dans la nuit de Milan, sa main serrée dans celle de Toscane, il comprend qu'en sauvant la petite Italienne, il a sauvé sa peau. Naître à nouveau, sans rien oublier de l'enfance aux copeaux de bois et de la douleur de mains rugueuses et cruelles. Accueillir cette deuxième vie, sans renier la première et devenir père, à son tour, sans redouter les fantômes. Il l'a enfin trouvée, la réponse, la sienne, son chemin de résilience : ne jamais revoir ce père qui l'a meurtri. Tourner la page.

Victor embrasse Toscane. Un sourire illumine leur visage. Ils ont conscience tous les deux qu'à cet instant, en donnant la vie, ils vont transmettre leurs histoires entremêlées, leurs doutes, leurs peurs mais surtout leur foi en l'humain. Victor caresse cette colline sur le bas du ventre de Toscane, pleine comme le jour et la nuit, l'ombre et la lumière, la vie et la mort. Il lui tarde, à lui, le fils maltraité, de connaître l'amour inconditionnel que l'on porte à son enfant. Toscane regarde son ventre arrondi. Confiante en la femme qu'elle est devenue. Indissociable de la petite fille qu'elle a été. Impatiente d'être mère du mieux qu'elle le pourra. Dans un coin de sa tête, dans la Scala endormie, Toscane pense à ce qu'elle a ressenti le jour où elle a appris qu'elle était enceinte. Ce sentiment qu'en donnant la vie, elle donne aussi la mort. Que l'éternité n'existe pas, pas plus que la perfection. Vivre, c'est mourir un peu chaque jour qui passe. Alors vivons, sans perdre un instant !

« Tu viens, mon amour ? »

Victor saisit la main de Toscane et l'extrait de ses songes. D'un bond, il l'entraîne à l'extérieur du théâtre. Ils ressemblent à ces enfants qui ne se posent pas de questions, qui ont juste l'envie d'en profiter pleinement comme si demain n'existait pas.

41

Il est mémorable et bouleversant, ce soir de première dans le mythique théâtre de la Scala. Seule sur scène, devant une salle comble, une petite fille qui aurait pu choisir de ne pas survivre dévoile l'éclatante symphonie de sa vie. Les traits de son visage trahissent les émotions qui la submergent. Toscane dissimule à peine sur ses pommettes saillantes des larmes qui s'effacent bientôt derrière un large et généreux sourire tandis que le tempo s'accélère. Son corps danse, ses longs cheveux libérés sont projetés sur son visage puis s'échappent derrière son dos, l'archet virevolte dans les airs. Toscane est éblouissante. La chorégraphie la transporte dans un tourbillon d'improvisation et de passion parfaitement maîtrisé. Merveilleuse Toscane. Sur le revers de sa veste brille une broche d'or et d'ébène.

42

Lorsque la dernière note de violon s'évanouit, une vague nourrie d'applaudissements déferle sur la Scala. Toscane reste un long moment immobile sur scène, figée, son violon serré dans la main gauche, l'archet le long de son bras droit. Elle transpire, elle respire fort. Son visage brille de sueur et dégouline de larmes d'émotion qu'elle laisse couler sans retenue. La musicienne savoure ces longues minutes pendant lesquelles elle retrouve son souffle peu à peu. Elle laisse son corps se reposer. Elle s'abandonne. Vivre l'instant, tout entier. Elle entrouvre les lèvres. Elle voudrait remercier mais les mots ne se forment pas, les sons restent contenus.

D'un large sourire, Toscane salue la salle. Elle incline la tête vers le bas, les bras à la perpendiculaire de son corps. L'archet et le violon prolongeant ses mains. D'un geste généreux, elle fait signe aux techniciens d'allumer les lumières dans la salle, toutes les lumières, sur les balcons, au fond, celles dans les coulisses aussi. Elle désire les voir, les regarder, un à un, dans les yeux, tous les reconnaître, celles et ceux qui sont venus pour elle. Les découvrir sur chaque siège de chaque rangée du public. Balayer de son regard émerveillé chacun de ces visages, répondre à chaque remerciement. Rester avec eux le plus longtemps possible, ne pas les quitter, pas encore, pas tout de suite. Souhaiter que l'instant dure, unique, sans avant ni après.

Toscane cherche des yeux Victor mais ne le trouve pas. Il y a trop de monde. Victor est pourtant là. Il admire en silence cette femme qu'il aime et qui porte en elle leur fils à naître. À côté de lui, deux autres visages ne quittent pas des yeux la violoniste. Toscane ignore encore que son père et Rémi sont eux aussi dans la salle. Quand il a su que sa fille se produisait à la Scala, le vieil homme a immédiatement pris le premier train pour Milan. Il a prévenu Victor. Ce soir, un père bouleversé découvre que la petite fille qu'il a abandonnée est devenue une artiste accomplie et passionnée traversée par l'envie et la rage de vivre et d'aimer malgré l'absence des siens. Victor se tourne vers Rémi. Il est assis à sa gauche, méconnaissable dans son smoking neuf et son nœud papillon en soie. C'est Victor qui a eu l'idée de l'inviter pour faire la surprise à Toscane. Un billet d'avion pour l'Italie et le meilleur à venir. Rémi a laissé son costume troué et son vieux sac à dos élimé sur un quai de métro. Sur un morceau de carton, il a inscrit au feutre noir ces quelques mots : « Elle est pas belle, la vie ? »

Derrière le rideau, Toscane regarde jusqu'au dernier moment le public disparaître au loin dans la salle. Elle imagine un siège resté vide ce soir quelque part. Celui de sa mère. Toscane l'a cherchée un long moment. Si seulement. En rejoignant les coulisses, elle découvre une enveloppe déposée sur l'étui ouvert de son violon. Quelqu'un a fait parvenir ces quelques mots un peu plus tôt à son attention :

Le violon de Toscane,

Le son de l'évocation.

Nul besoin de signature. Toscane comprend à la lecture de cette anagramme que Jacques non plus n'a pas oublié le grand soir.

43

Toscane rejoint sa loge, épuisée et superbe tout à la fois. Elle ne pense qu'à Victor. Elle ne désire rien d'autre que de se lover au creux de ses bras. Son violon dans une main, la louange de Jacques dans l'autre, elle ouvre la porte de sa loge. Elle a à peine le temps de relever la tête qu'elle découvre, stupéfaite, Victor, Rémi et son père noyés sous de gigantesques bouquets de fleurs multicolores. Toscane et les trois hommes de sa nouvelle vie, tous réunis. Titubante, la musicienne se laisse porter par la force de ce déferlement d'émotions, entre rire et larmes. Elle a juste le temps d'apercevoir dans le miroir face à elle la photo qu'elle a accrochée avant le concert et qui ne la quitte jamais. L'instantané d'une présence invisible, l'image d'une jeune femme qui berce un enfant endormi. Sur le cliché un peu jauni, Toscane, dans les bras de sa mère, vient de naître. Dans une loge, un soir de première à la Scala, un instant peut décidément bouleverser le cours d'une vie.

Victor ne lâche pas Toscane du regard. Il imagine son bonheur indescriptible, ce vertige extrême aussi qui doit s'emparer d'elle.

Devant le visage stupéfait de sa fille qui le reconnaît instantanément malgré toutes ces années, le père de Toscane s'avance et l'enlace le temps d'une longue, pudique et bouleversante accolade. Toscane disparaît entre ses bras. Puis il brise le silence :

« Personne ne dort à l'hôtel ce soir. Il me semble qu'on a du temps à rattraper ! »

Le père de Toscane a tout organisé dans les moindres détails. Il mène la troupe, tel un funambule sur une corde au milieu de la nuit. Surtout ne pas flancher, ne pas se laisser envahir par cette vague de regrets qui monte en lui. Ne pas regarder en arrière. Avancer et ne plus perdre un instant de cette vie qui s'est effilochée entre ses doigts. Il a commandé un taxi, qui les attend devant le théâtre. Il a déjà fait charger leurs valises dans le coffre. Tous sont portés par l'intensité du moment. La voiture roule vers l'aéroport de Milan. L'avion décolle dans trois heures. Ils seront à Florence au petit matin. Le soleil qui se lève à travers les hublots est flamboyant, les nuages ont des airs de barbe à papa. Toscane a du mal à y croire mais il semble bien qu'elle rentre à la maison accompagnée de ce père qu'elle n'a pas revu depuis plus de trente ans.

44

Le village de San Gimignano est à soixante kilomètres à peine de la capitale toscane. Les doubles murailles de la cité médiévale apparaissent au loin, perdues dans les étendues d'oliviers. Les nombreuses tours qui se hissent au cœur des ruelles précisent le chemin. Toscane n'est jamais retournée ici depuis le suicide de sa mère. Elle ne pensait pas revenir un jour aux côtés de son père.

La maison est à l'écart du centre. Toscane retrouve très vite l'escalier en pierre qui mène au portail en métal rouillé. Derrière elle, les visages de Victor et de Rémi restent silencieux et prévenants, attentifs, respectueux de l'instant. Le père de Toscane se tient en retrait. Lui non plus n'a pas revu cette maison depuis son départ. Toscane n'était qu'une enfant quand il a refermé la grille derrière lui. Leurs regards se croisent et engloutissent en quelques secondes les trois décennies écoulées depuis leur séparation. Leur mémoire refait surface. Elle était enfouie, étouffée, écrasée comme pour refouler la souffrance. Les voici tous deux de retour en Toscane, sur cette terre qui ne les a jamais quittés. Toscane s'approche de son père et enlace sa main dans la sienne.

« On y va… Papa ? »

La dernière fois qu'elle a prononcé ces quatre lettres, son père venait de les abandonner toutes les deux. Quatre lettres qui la happent et la replongent dans le tourbillon douloureux des souvenirs.

Victor et Rémi découvrent l'immense jardin. Sur la terrasse ombragée, une glycine lilas luxuriante recouvre la pergola en bois. Il flotte un parfum sucré de violette et de myrte. La banquette en fer forgé est toute piquée de rouille. Elle n'a pas été déplacée, toujours au même endroit, à l'ombre des oliviers centenaires. Les volets sont fermés. Le jardin semble entretenu, la pelouse est propre, les roses sont coupées. Un balai est posé contre l'un des murs de la maison.

« À la mort de ta maman, je savais que tu étais en pension au conservatoire de Milan. Elle me l'avait fait savoir, juste après mon départ. » Toscane et son père s'assoient sur la terrasse. « Elle voulait te mettre à l'abri. Elle voulait prendre soin de toi du mieux possible, quand elle ne serait plus là, car elle sentait qu'elle ne serait plus là très longtemps. Elle voulait que la musique devienne ta famille, le violon ton meilleur ami, loin de la solitude de cette maison. Loin de moi qui lui avais fait du mal. Loin de son chagrin et de sa mélancolie. Elle m'a fait promettre de ne pas revenir et de te laisser vivre. Cela peut te surprendre mais en effet, elle estimait que seule la musique pouvait t'offrir ce que l'on n'a jamais su te transmettre : la persévérance, la confiance, l'équilibre, et un univers à toi toute seule dans lequel t'échapper et t'épanouir. La musique pour seule éducation. Oui, le chemin serait long, laborieux, pénible. Mais elle et moi, nous avons toujours été convaincus qu'un jour nous nous retrouverions, toi et moi, une fois que je me serais senti père, quand tu aurais trouvé la force au fond de toi de t'aimer, cette force qui lui a tant manqué et que je n'ai pas su lui donner. »

Toscane regarde Victor et Rémi déambuler au loin. Elle repense à ce prénom qu'elle porte, Toscane et ses notes dans son sac, Toscane qui porte en elle son acte, ses responsabilités, celles de vivre ou de renoncer.

« J'ai tenu ma promesse, Toscane. Je t'ai laissée vivre. Chaque année, depuis la mort de Valentine, je demande au jardinier du village d'entretenir les fleurs, les arbres et de balayer la terrasse en attendant ton retour et nos retrouvailles. Nous y voici. Enfin. »

Toscane, bouleversée, sent la main de Victor caresser son épaule. Elle ne l'a pas vu s'approcher. Son père lui tend un trousseau de clés. Sur l'une d'elles, une étiquette et ces quelques mots : « La maison de Toscane ».

« Elle est à toi désormais, ma Toscane. »

Il est des lieux qui traversent des vies et ne nous quittent jamais.

45

Ouvrir les volets. Laisser entrer le soleil. Souffler sur la poussière et raviver les couleurs. Victor et Rémi ont déposé les bagages dans l'entrée. Le père de Toscane est resté assis sur l'un des fauteuils de la terrasse. Elle l'a écouté sans pouvoir prononcer un seul mot. Elle a le sentiment de retrouver peu à peu les pièces du gigantesque puzzle de sa famille que ses parents ont jetées au vent un jour de désespoir. Dans le salon, à l'intérieur de la maison, la voix de Nina Simone surgit de l'enceinte. « Un vent de liberté souffle entre ces murs, écoutez-la, écoutez ses cris ! » Victor a choisi la chanson préférée de Toscane. Elle le rejoint et danse avec frénésie dans cette maison qui a trop longtemps dormi. Sa longue robe en mousseline mauve virevolte entre les meubles encore dissimulés sous de larges tissus pour les protéger.

« Nina Simone aussi a fait comme elle a pu, à sa manière, entre larmes et colère, comme Maman et toi, Papa, comme nous tous ! »

Toscane hurle de joie les paroles de la chanson :

I did it my way.
[Je l'ai fait à ma manière.]

Dans un coin de sa tête, elle chante pour elle, mais aussi pour eux, pour son père et sa mère. Revenir aux sources, préférer la joie à la mélancolie, le pardon à la souffrance, la vie à la mort. Toscane a choisi. Il suffit de l'écouter chanter, de la voir célébrer sa renaissance à pleins poumons :

For what is a man, what has he got,
[Car qu'est-ce qu'un homme ? Que possède-t-il ?]
If not himself, then he has naught,
[S'il ne s'appartient pas, alors il n'a rien]
To say the things he truly feels
[Dire les choses qu'il ressent vraiment]
And not the words of one who kneels
[Et pas les mots que l'on dit à genoux]
The record shows I took the blows
[L'histoire retiendra que moi j'ai pris des coups]
And did it my way.
[Et que je l'ai fait à ma manière.]

Elle est si belle et libre, Toscane, quand elle s'approche de Victor et qu'elle l'entraîne dans sa folle chorégraphie. Quand elle l'embrasse à pleine bouche. Quand elle demande à son père de venir les rejoindre sur la piste improvisée. Elle est tout ça, Toscane. Vivante et bien décidée à mettre en pratique les paroles de cette chanson : vivre debout et plus jamais à genoux.

46

Un peu à l'écart, Rémi observe cette famille démantibulée se reconstruire en harmonie devant ses yeux. Lui qui a perdu la mémoire et ne cherche plus à la retrouver. Lui que personne ne connaît, que personne ne recherche. D'un couloir de métro à une maison en Toscane, il s'est toujours laissé porter par le flot sinueux de la vie. Ne surtout pas tenter de nager à contre-courant dans les baïnes, c'est ce qu'on lui a appris, c'est ce qu'il a toujours répété à ses élèves. C'est la seule chose dont il se souvienne de sa vie d'avant, lorsqu'il a été un jour – peut-être – qui sait – maître-nageur.

Rémi n'a jamais cherché à résister. Calmement, il s'est adapté au courant qui emporte, éloigne, isole, terrifie, pour un jour apercevoir l'endroit où les vagues s'élèvent et se brisent à la surface. Cela signifie que la zone dangereuse s'éloigne. Hagard, perdu, Rémi errait ainsi dans la rue depuis plusieurs mois quand une vague a déferlé dans sa vie, quand la puissance des notes du violon de Toscane a déchiré le silence. Il a laissé ce flot l'envahir pour espérer regagner le rivage. Lui aussi a commencé par poser un pied puis l'autre sur la terre ferme et a décidé de soigneusement panser ses plaies.

« Tu reviens d'où comme ça ? »

Toscane et Victor se sont approchés de Rémi qui semble essoufflé, à l'écart, absorbé dans ses pensées.

« À te voir, on dirait que tu viens de pulvériser le record du cent mètres papillon ! Tu vas bien ? »

Rémi respire vite. Il retrouve peu à peu son souffle.

« Tu ne crois pas si bien dire, ma chère amie ! Vous voir tourbillonner ainsi, Victor et toi, sur la voix de Nina Simone aurait même pu me faire boire la tasse ! Mais c'est bon, j'ai le pied marin. J'ai rejoint la terre ferme et j'ai bien l'intention de ne plus la quitter ! »

Toscane, son père, Victor et Rémi éclatent de rire, de ce rire qui explose et dure, un feu d'artifice de joie trop longtemps contenue. Ils ne forment bientôt qu'un même corps quand leurs bras s'enlacent autour de leurs épaules. Joyeuse mêlée de survivants rassemblés devant la fenêtre grande ouverte d'une maison en Toscane, baignée de soleil et de promesses.

« Je ne sais pas qui tu es, Rémi, ni d'où tu viens ni où tu vas. » La voix de Toscane est douce, réconfortante. « Mais sache qu'ici, tu es chez toi. »

Rémi, bouleversé mais pudique, parle à voix basse :

« J'ai oublié moi aussi d'où je venais. C'est peut-être mieux ainsi. Notre rencontre est incroyable. Merci infiniment d'avoir posé ton regard sur moi, de ne pas avoir eu peur de moi. » Puis il jette un œil complice à Victor. « Tu ne trouves pas qu'il manque une piscine sous les oliviers ? Tu es partant pour m'aider à la construire ?

— Quand tu veux ! » réplique Victor en lui tapant chaleureusement dans le dos.

47

Les chambres sont à l'étage, alignées face au large escalier qui craque sous les pieds. Toscane a défait les lacets de ses sandales à talons compensés qui serpentent sur ses chevilles. Elle veut sentir le bois râpeux sur sa peau, la forme des stries de chaque marche. Elle n'a pas retrouvé tous ses souvenirs dans cette maison. Seuls les odeurs, les bruits et les sensations restent intacts, à fleur de peau. Elle aperçoit en haut son père assis sur le lit double recouvert d'un drap blanc. Ses parents ont un jour partagé cette chambre. Ils s'y sont aimés si fort qu'un enfant est né. Toscane ouvre la fenêtre, ferme les yeux et respire lentement le parfum de la campagne.

« Je suis heureuse de rentrer à la maison. Quelle bonne idée de nous avoir réunis ici, Papa. »

Puis elle se retourne. Les yeux noyés de larmes, elle inspire lentement et détaille son visage creusé par les années.

« Je ne sais pas si je dois te détester, Papa. Ce serait sans doute plus facile… »

Un sourire illumine son regard. Toscane chasse ses larmes d'un revers de main.

« Je te remercie d'être revenu. Tu m'as tellement manqué. »

Son père lui fait signe de s'approcher et tapote le drap d'une main. Ils se retrouvent en silence sur le bord du lit. Il enlace tendrement Toscane. Une étreinte qui voudrait ne plus se défaire. Toscane, le visage niché dans le creux de son cou, renoue avec le parfum d'un père et celui de son enfance envolée. Sur le mur, en face d'eux, un tableau est accroché. L'encadrement en bois noir est sobre, élégant, délicat.

« J'ai envoyé cette reproduction de Botticelli à ta mère quelques jours avant qu'elle ne décide de se suicider. Le seul apaisement pour moi est qu'elle ait pu la regarder avant de disparaître. » Toscane serre la main de son père pour l'encourager à poursuivre son récit. « *La Naissance de Vénus* sur sa conque nacrée. Je l'ai toujours trouvée si belle. Libre, affranchie, sauvage avec les mèches de ses cheveux longs dorés qui s'échappent au vent, son corps à la fois nu et pudique, sensuel et raffiné, imparfait dans ses proportions par rapport aux canons artistiques de l'époque. »

Toscane écoute avec émotion son père décrire l'amour perdu. Elle ne peut s'empêcher de penser à

Sarah, la jeune femme de la légende du Dorset, au corset desserré, qui déambule sur le Cobb avant de disparaître dans la mer déchaînée.

« J'aurais tant espéré que Valentine poursuive sa vie comme cette Vénus. Elle serait encore vivante aujourd'hui. Ne lui en veux pas, Toscane. Moi, bien sûr, tu as le droit de me détester. Si je vous ai quittées, ta mère et toi, c'était pour dévorer la vie, par peur d'aimer aussi. Par égoïsme. Par lâcheté. Et pour toutes ces raisons, je ne te demande pas de me pardonner. J'ai fait comme j'ai pu, comme dans la chanson moi aussi. Je vous ai aimées. Je t'aime si fort. C'est pour ça que j'ai décidé de rentrer à la maison. Tu m'as manqué à moi aussi, douloureusement. »

Il sort de sa poche une feuille de papier pliée en quatre :

« Ta maman a laissé un mot avant de mourir. Il est pour toi. Il va t'aider à mieux comprendre peut-être. Elle t'aimait elle aussi si fort. »

Sur l'enveloppe, sa mère a inscrit à la main : *Pour Toscane, ma petite fille.*

48

Victor est parti au village faire des emplettes pour préparer le dîner. Rémi s'affaire dans le jardin. Il a déjà choisi l'emplacement pour la piscine, a commencé à creuser. Toscane est redescendue sur la terrasse. Son père s'est assoupi à l'étage. Elle a déniché dans la cuisine des coussins moelleux qu'elle dispose derrière elle sur la banquette rouillée. D'ici, elle peut apercevoir la cabane qu'elle a construite quand elle était enfant, il y a si longtemps, dans l'immense tilleul. Elle revoit sa mère, en pleine lecture, sous la pergola, un thé encore fumant dans la main.

Toscane pose délicatement sa main droite sur son ventre. De l'autre, elle déplie la lettre. Elle jette un dernier coup d'œil en direction de la cabane. Toscane retient son souffle pour mieux se concentrer sur les derniers secrets de sa mère qui se révèlent enfin.

Ma fille, mon amour,

Je ne suis pas douée pour la vie.
Il faut s'aimer pour vivre.

Il faut s'aimer pour aimer et être aimé.

Je n'ai pas trouvé le chemin. Je suis fatiguée de le chercher. C'est peut-être cela, la mélancolie. Un joli mot sur le papier, une douleur insupportable au quotidien et la certitude ce soir que je ne suis pas faite pour cette vie-là.

J'ai demandé à ton père de te transmettre cette lettre quand vous vous retrouverez. Ce jour est donc arrivé. Je n'en ai jamais douté. Il faut oublier le temps et les tourments qu'il vous aura fallu endurer pour trouver le chemin. Vous êtes réunis et plus vivants que jamais. Et là est l'essentiel maintenant.

Si tu lis ces mots, c'est que tu es devenue une musicienne accomplie, j'en ai toujours été persuadée. Tu étais si douée. Si tu es revenue ici, à San Gimignano, c'est que tu es parvenue à t'aimer, ma merveille, et à nous pardonner d'avoir été trop égoïstes, chacun à notre manière, ton père et moi. Alors continue, Toscane, de cheminer, de ne jamais t'arrêter et promets-moi de la savourer, cette vie. Laisse les souvenirs à leur place, les fantômes à la poussière, les regrets aux oubliettes. Ouvre les fenêtres. Suis le soleil. Il te va si bien. Respire, chante et danse, ma beauté. Tu sais comment faire désormais. Tu n'as qu'à t'écouter. Tu le fais mieux que personne.

Je suis là, tout près. Jamais loin.

Je t'aime.

Valentine, ta maman

Sur le visage de Toscane, les larmes ne s'arrêtent plus de couler. Dans un dernier élan, elle porte la lettre à ses lèvres et embrasse, comme le ferait une petite fille, la signature griffonnée tout en bas de la page. Le prénom de sa mère, Valentine, commence à se noyer dans l'encre diluée.

49

Les mois ont passé depuis leur arrivée à San Gimignano. Sous sa salopette bleu lavande, Toscane dévoile un ventre aussi rond qu'un soleil. Elle rentre tout juste du marché. Elle a acheté un bouquet de pivoines fraîchement coupées qu'elle dispose dans un vase sur la table de la terrasse. La famille recomposée profite de l'arrivée du printemps. Victor est reparti quelques jours en France pour finaliser la prochaine tournée. Rémi a commencé les travaux de la piscine en contrebas. Le père de Toscane a investi le bureau au rez-de-chaussée de la bâtisse et l'a transformé en atelier de peinture. Les tableaux recouvrent désormais chaque centimètre de mur. Toscane entre dans la pièce avec, dans une main, un livre qu'elle a déniché ce matin à la brocante du village. Sur la couverture, une photo aérienne de San Gimignano dévoile les tours imposantes qui jaillissent au milieu des murailles du petit village médiéval. En lettres noir et blanc, San Gimignano est célébré : *Le Village traversé par le démon des arts et l'esprit des anciens.* Le titre a inspiré Toscane. Sur la page de garde, elle a recopié avec soin une anagramme de Jacques pour son père, qui la découvre avec délice.

> *La* langue des oiseaux, *la musique* ou le sang des aïeux, *à votre guise, mais étonnez-vous !*

Toscane ne peut cacher son émotion. Son père non plus. Fallait-il revenir sur cette terre pour se rapprocher des siens ? Fallait-il rentrer à San Gimignano pour retrouver l'esprit des anciens et la lettre de sa mère ? Était-il écrit que dans la langue des oiseaux coulait le sang des aïeux ? Seule la magie d'une anagramme peut le révéler. Toscane embrasse son père qui la serre à nouveau fort contre lui. Comme avant. Il y a trop longtemps.

Demain, elle retrouve Victor.

50

Toscane est allongée sur son lit, des feuilles de papier à musique dispersées sur le drap. Elle continue, inlassablement, de répéter. Le soir est déjà installé. Cette symphonie fait désormais partie d'elle. Chacune de ses notes l'imprègne. Elle est son ancrage et rythme son quotidien. Toscane vit et respire à travers elle. Mais elle est impatiente de retrouver Victor. Il lui manque. Encore quelques heures avant son retour à la maison. Elle jette un coup d'œil sur l'écran de son ordinateur. Elle vient de recevoir un nouveau courriel de Jacques. Les anagrammes non plus ne la quittent plus.

Chère Toscane,

Je suis heureux de vous savoir installée à San Gimignano auprès de Victor, Rémi et votre père. J'imagine que ces retrouvailles furent émouvantes. J'ai tellement envie d'aller en Toscane un jour, le sang de mon grand-père italien, sans doute. Vous écrivez que ce village est connu sous le nom ancien de « la ville aux mille tours ». Figurez-vous que je vous écris de Tours. De Tours aux mille tours, il n'y a qu'un battement de cœur. J'ai trouvé ceci pour vous, qui pourrait vous faire sourire :

La ville aux mille tours,
Rome, villa aux tilleuls.

Toscane relève la tête et pense à sa cabane d'enfant suspendue au tilleul au fond du jardin. Un nouveau souvenir refait surface : cette conversation un soir avec sa mère, quelques jours après le départ de son père. Emmitouflées toutes les deux sous une épaisse couverture en laine, elles sont blotties dans la cabane. Elles évoquent cet arbre dans lequel elles se sont réfugiées et dont elles ignorent l'âge. Il doit être centenaire. Il a été le témoin de tant de fêtes familiales, de déchirures aussi, bien avant celle de leur famille. La mère de Toscane lui montre une feuille de tilleul qu'elle vient de cueillir :

« Regarde, Toscane, elle a la forme d'un cœur. Les anciens disent que le tilleul est l'arbre d'amour, l'arbre des liaisons. Planter un tilleul signifie s'unir à jamais à une terre, rendre un hommage éternel à ceux que l'on aime, être à jamais unis à eux, même quand ils sont morts. »

Toscane est émerveillée par la puissance de ce souvenir qui prend tout son sens aujourd'hui. Un message d'au revoir. Il s'était estompé de sa mémoire. Jacques lui redonne vie grâce à son message parsemé d'anagrammes.

San Gimignano et les mille tours
Les Italiens mignons et glamour
ou
Les gentils gitans, l'amour en moi
ou encore
San Gimignano et ses mille tours.
Les murs ont gémi. On se signait là.

Toscane s'amuse de cette déclinaison joyeuse. San Gimignano est tellement tout ça. Elle repense à cette photo de son père en noir et blanc, l'année de la rencontre avec sa mère. Le professeur d'italien *mignon et glamour* ou l'histoire d'un amour interdit, passionné, foudroyant, sans Dieu ni maître, sans nulle autre attache que leur terre de Toscane et ce bébé à naître. Il n'avait nul besoin de se signer en effet !

Toscane poursuit sa lecture.

La référence au célèbre tableau de Sandro Botticelli que vous évoquez, dans la chambre de vos parents, m'intrigue beaucoup, Toscane. J'ai trouvé ceci qui pourrait vous intéresser :

La naissance de Vénus,
Ce sein nu dans la vase
Ou encore

Sandro Botticelli
« Bonsoir », dit l'Éclat.

Toscane laisse se superposer un instant dans sa mémoire les traits délicats de sa mère et les contours du visage de la Vénus de Botticelli. Sa mère, Valentine, s'est noyée dans la vase de la mélancolie, engluée, étouffée par les regrets. Vénus, elle, est née de l'écume et sort des flots, délicieusement impertinente, avide d'amour et de renaissance, éclatante comme la promesse d'un soleil couchant. *« Bonsoir », dit l'Éclat !*

Chère Toscane, votre mère porte en elle l'espoir d'un lendemain. Savez-vous que Valentine *est aussi l'anagramme de cette injonction : «* Invente-la *! » Alors réinventez-la, Toscane, cette Valentine disparue, réinventez-vous ! Renaissez ! Savez-vous enfin que* résurrection *est l'anagramme de* reconstruire *? À vous de choisir entre le destin d'une Valentine et celui d'une Vénus !*

Toscane relit ce passage précis du message de Jacques et la métamorphose de sens ainsi obtenue.
Valentine
Invente-la !
Reconstruire
Résurrection
Elle contemple amusée ce joyeux remue-ménage de lettres et de mots. Ils explosent en tous sens dans

son crâne. Elle ne sait pas s'il faut les prendre au sérieux. Elle s'en moque. Elle les laisse se mélanger et s'épanouir, confiante, persuadée de sa bonne pioche quand arrivera son tour. Elle a bien l'intention de finir la partie auprès de Victor désormais. La nuit est tombée sur San Gimignano.

51

Les premiers rayons du soleil caressent le visage de Toscane, tout juste réveillée. Elle jette un coup d'œil sur le cadran de son réveil. Il est temps d'aller retrouver Victor à l'aéroport. Dans quelques heures, ils seront à nouveau réunis sous les oliviers, dans cette maison qui s'apprête à accueillir leur premier enfant. Entre leurs deux corps s'affirme un ventre tout rond, proéminent, insolent.

Profiter encore un peu de ce tango à deux avant d'entamer leur jolie valse à trois temps.

52

Rémi et le père de Toscane ont dressé la table sous la tonnelle. Ils ont préparé un repas de fête pour célébrer avec le retour de Victor la famille réunie. Les verres s'entrechoquent, les rires explosent dans les gorges, les baisers claquent. La guirlande de lampions multicolores donne aux visages ce teint doux, hâlé et apaisé, comme le reflet du soleil couchant sur l'océan les longs soirs d'été.

Reconstruire

« Tu as vu, Victor ? Les travaux sont presque terminés. J'ai fait venir des gars du village pour m'aider pendant ton absence. On a bien bossé. Je t'avais dit que j'allais la reconstruire, notre piscine ! »

Résurrection

Ni costume élimé, ni smoking ajusté. Rémi porte ce soir une veste en lin couleur sable. Sa peau brune, son port altier révèlent pour la première fois sa beauté singulière et sauvage qui était restée étouffée par ses années d'errance. Lui qui n'avait pas d'âge, pas de visage, pas de nom, aucune empreinte dans cette vie sous terre, retrouve la lumière. Élégant, distingué, unique.

La piscine est située sous le tilleul, une partie ombragée, l'autre en plein soleil. La journée, le bleu de l'eau explose en mille étoiles sous les rayons et éblouit. Le soir, la surface est plane, lisse, douce comme de l'huile d'amande.

« Chiche ? » En un clin d'œil, Rémi embarque Toscane et Victor. « Un, deux, trois ! » Ils sautent à pieds joints dans le bassin, sans même prendre le temps d'ôter leurs vêtements. En un cri de guerre et de folie enchantée. Une fureur joyeuse éclate dans la nuit. Celle d'enfants restés trop sages trop longtemps. Celle d'adultes qui n'ont plus de temps à perdre. Le bonheur sans doute de ceux qui comprennent combien « le malheur est indécent… car en plus, il ne vous apprend rien ».

« C'est Sagan qui a écrit un jour cette phrase », lance le père de Toscane qui s'est approché de la piscine. « Et cette fois, pas besoin d'anagramme pour saisir en un instant tout son sens ! »

Toscane, Victor et Rémi sortent à la hâte du bassin. Ils se réchauffent sous une serviette. Ils ont ouvert une bouteille de chianti, un jus d'abricot pour Toscane. Quatre verres et une nuit pour se retrouver.

« À mon tour de t'offrir un cadeau, ma Toscane. Il est pour toi, ce livre. Je l'ai acheté il y a quelques années, en pensant à toi. J'ai rêvé de cet instant où je pourrais t'en lire quelques phrases. Le fils de Sagan y retrace la vie de la romancière, intime et maternelle. Elle te ressemble un peu. »

Attentive, Toscane écoute son père lui lire un passage :

L'attention à l'autre, l'amitié, l'humour, la tendresse, l'amour, la passion ne connaissaient pas de limites. Elle aimait à l'excès, maniait l'humour à l'excès, donnait et se donnait à l'excès. En cela plus qu'en tout ce qu'on a pu dire ou écrire, elle était déraisonnable. Et elle avait cent fois raison.

Les mots qu'il lit sont pour Toscane. Tous, ce soir, l'ont compris. La déclaration d'amour d'un père à sa fille. Un hommage à la mère de Toscane aussi, sans pudeur, sans interdit, sans regret. Des mots d'amour si difficiles à prononcer quand on est si peu habitué à les partager, quand le cœur supplante la raison. C'est vrai qu'il y a un petit air de Sagan chez Toscane. L'indomptable Toscane. Même la mort s'y est cassé les dents. Dans la nuit italienne, les verres trinquent à la vie. Rien que la vie. Aux mots d'amour retrouvés qui font tant de bien. À la déraison qui libère.

53

Le fils de Toscane et Victor est né à la fin de l'été sur cette terre. Son prénom sonne comme une évidence, un prénom qui ose se révéler enfin et ne craint plus de se cacher. Toscane l'a si longtemps tu, murmuré parfois en silence quand le manque devenait insupportable. Éviter de prononcer le prénom de ce père absent pour conjurer le mauvais sort. Et puis le laisser revenir, tout doucement, comme les notes d'une comptine familière qui réconforte à la nuit tombée. Pour qu'il ne soit pas oublié, qu'il se transmette de génération en génération, d'un grand-père à son petit-fils. On n'écrase pas d'un pied rageur ses racines. On n'efface pas son passé comme l'on déchire une page d'un livre. On l'imprime à l'encre pour le fixer. On le porte pour poursuivre son histoire.

Le fils de Toscane et Victor se prénomme Aurélien comme son grand-père, le père de Toscane. Aurélien a maintenant toute la vie devant lui pour tisser ses jours et ses nuits, d'OR ET de LIEN. Le petit Italien a hérité des yeux bleus de son père, de la tignasse brune de sa mère et de l'aisance dans l'eau de son parrain. Rémi l'a d'ailleurs immédiatement annoncé à Toscane et Victor le jour de sa naissance :

« Il sera le premier élève de ma nouvelle école de natation, ce petit gars ! »

Quelques jours avant la naissance d'Aurélien, Victor a achevé la construction d'un appentis dans la cave. Il a fabriqué un berceau en bois d'olivier. Lui qui n'a jamais pris de leçon de menuiserie s'est souvenu de chacun des gestes qu'effectuait son père, retranché dans son antre au fond du jardin et qu'il observait entre deux gifles. Ainsi va la vie quand on choisit de ne retenir que ses richesses, de se nourrir de ses lâchetés pour les transformer en forces généreuses.

Quant au vieil Aurélien, le grand-père, il s'est éteint dans son sommeil, paisible, juste avant la naissance de son petit-fils. Son cœur a cessé de battre quand les grillons se sont tus. Dernier été d'une vie sans doute un peu lourde à porter quand on a abandonné les siens. Lorsque Toscane est entrée au petit matin dans la chambre silencieuse, elle a tout de suite vu qu'il ne respirait plus. Sur son torse, serré entre ses mains, le cadre de Vénus. S'apprêter à donner la vie quand la mort se charge d'en ôter une autre, tel est le sens de l'existence, celle qu'elle s'apprête à transmettre au petit Aurélien qui porte désormais haut et fort ce lien indestructible avec les siens et son passé. Libre à lui de le transformer en force de vie. Le père de Toscane repose aux côtés de sa mère dans le cimetière de San Gimignano. Toscane a disposé la reproduction du tableau de Botticelli sur le marbre de la tombe. Elle a fait graver, en guise d'épitaphe, cette phrase inspirée du refrain de la chanson de Nina Simone :

Nous avons fait de notre mieux.
Valentine et Aurélien

54

Depuis son accouchement, Toscane s'est remise intensément, goulûment, passionnément au violon. Il ne l'a pas quittée pendant sa grossesse. Elle désirait que les notes envahissent son corps par tous les pores, se diffusent dans son ventre pour bercer son bébé, le rassurer, l'enivrer de musique. Qu'elle fasse partie de son univers. Depuis, son fils partage ses premiers jours de vie entre l'eau chauffée de la piscine, les répétitions de sa mère et les sculptures en bois de son père. C'est ici, auprès des siens, que Toscane a choisi de se reconstruire, sur ses terres, celles qui l'ont vue respirer, souffrir puis renaître. Celles qui ont fait de la petite Italienne orpheline une violoniste exaltée, une amoureuse passionnée et une mère qui verra grandir son enfant. C'est décidé ! Toscane ne veut plus quitter cette maison.

Ne plus jamais repartir d'ici. Auprès de Victor et de Rémi, elle a eu l'idée de transformer sa villa de

Toscane en école internationale de musique. Terminées, les tournées programmées loin de la maison et de la famille. Désormais, les concerts seront donnés au village de San Gimignano, en hommage aux anciens, à la santé des vivants. Et qui l'aime la suive ! Les réservations affluent déjà.

55

Un soir, l'un de ces soirs où les mots se révèlent sous la lune, tels des secrets d'enfant, Toscane est allée rejoindre Victor dans la cabane au tilleul, leur fils dans les bras. Le plancher y est solide désormais. Victor a enfoncé les derniers clous pour fixer les planches sur le sol et installé d'épais matelas pour admirer les étoiles. D'en haut, ils aperçoivent Rémi enchaîner les longueurs dans la piscine éclairée.

Toscane sort un petit carnet de sa poche. Sur la couverture, un titre à l'écriture enfantine : *Les poèmes de Toscane.*

« J'ai retrouvé ce cahier dans la chambre de mes parents il y a quelques jours en fouillant dans la bibliothèque. Je ne savais pas qu'ils l'avaient gardé. Je l'avais moi-même oublié. »

Toscane tourne délicatement les pages. « Regarde, j'ai écrit des dizaines de poésies. C'est fou comme tous ces mots font ressortir les souvenirs les plus lointains. »

Victor embrasse délicatement Toscane qui passe d'une page à l'autre avec émotion.

« Je voudrais te montrer celui-ci en particulier, Victor. On l'avait écrit à quatre mains avec mon père. Je m'en souviens bien en le relisant aujourd'hui. C'était un devoir avec des rimes à trouver. On avait beaucoup ri ensemble car mes parents avaient été convoqués le lendemain par mon instituteur qui s'était inquiété en le corrigeant. Il faut dire qu'il y avait de quoi ! Écoute ça ! »

Toscane prononce les vers d'un ton résolument théâtral et comique :

L'amanite phalloïde
assiste placide
à votre suicide.

« Je me souviens, j'étais si fière de mon effet. Je n'étais qu'une enfant. Dans le dictionnaire, j'avais cherché des mots qui riment. Peu importe leur sens. Je ne savais même pas que c'était un champignon, l'amanite phalloïde. Encore moins ce que signifiait le mot "suicide". »

Toscane inspire profondément et marque une pause.

« Ma mère est morte l'année suivante. »

Elle caresse entre ses doigts une feuille de tilleul en forme de cœur. Elle embrasse Victor pour chasser tout risque soudain de mélancolie.

« Tu penses bien que lorsque j'ai retrouvé ce carnet, j'ai immédiatement partagé ce poème avec Jacques. Je voulais savoir si tout était écrit d'avance, si la vie était déjà tracée, dans chaque geste, chaque pas, chaque mot prononcé. Je crois que je me sentais coupable. Je me suis sentie si longtemps coupable de n'avoir rien pu faire, de ne pas avoir su retenir mon père ni pu sauver ma mère. Mais plus maintenant. Maintenant, je sais que tout ira bien. Retiens ces mots, mon amour.

— Je suis tout ouïe, ma belle survivante. »

Victor écoute Toscane lui lire la dernière anagramme troublante que lui a envoyée Jacques. Le sens caché de son poème d'enfant, le sens de la vie qui continue.

L'amanite phalloïde
assiste placide
à votre suicide.

Toscane lisait.
Sa vie découlait de la phrase, limpide.

En cette nuit d'été, perchée dans une cabane, tout en haut d'un arbre, sous les étoiles, une petite fille devenue mère accueille, sereine, le début du reste de sa vie qui découle, limpide, d'un poème d'enfant.

Ainsi va Toscane pour qui tout reste à écrire, à la première personne du singulier.

Le destin de celle qui s'aime enfin.

Un dernier mot

Quand mon premier livre a été publié en novembre 2021, j'ai senti que la femme que j'étais devenue ne pouvait pas se priver de ces mots qui réconfortent quand on les couche sur le papier. Impossible de couper ce lien entre vous qui me lisez et moi, qui vous écris. Ce dialogue intime, *ce lien qui me fascine.* Impensable de refermer la dernière page de cette vie d'avant et vous quitter sans imaginer pouvoir un jour vous retrouver *après l'orage.*

Alors la voici, cette nouvelle aventure qui coule, dans *Celle qui s'aime enfin.* Ni tout à fait réelle ni tout à fait imaginée. Écrire ce premier roman m'a permis de libérer mon imagination et d'emprunter des chemins dont je ne soupçonnais même pas l'existence. Le plaisir d'écrire pour raconter une histoire, rencontrer des personnages, assouvir des désirs, consoler des peines, revivre des instants, tordre le cou à la réalité, tout en distillant des moments de vérité intensément vécus, gravés en moi, à jamais. Je les ai injectés dans l'encre d'un récit comme le sérum d'une aiguille que l'on pique dans une veine, pour soulager, apaiser, régénérer.

Certains mots n'en ont fait qu'à leur tête. Têtus, déterminés, ils ont cherché à comprendre qui ils étaient. Et moi aussi. C'est ainsi que par hasard – mais existe-t-il vraiment, celui-là ? – j'ai fait la rencontre lumineuse de Jacques Perry-Salkow, par lettre interposée d'abord, puis pour de vrai ! Je lui ai présenté Toscane, sur le papier, et leurs échanges se sont naturellement nourris et entremêlés à l'écriture de ce livre. Cette rencontre est une parenthèse enchantée, une mise en abyme facétieuse et éclairante que seule offre la magie de l'écriture.

Cher Jacques, je tiens à te dire à nouveau merci pour ta générosité, ta disponibilité et ce don rare que tu as de donner un sens aux lettres et aux mots de la vie. Quelle joie d'avoir découvert ton talent et quelle chance d'avoir ainsi pu illuminer le chemin de Toscane. Et le mien en filigrane.

Dominique et Toscane

ou l'histoire de deux femmes dont les prénoms réunis se transforment sous ta plume en une question essentielle :

Est-ce toi en moi ? Quand ?

Alors pourquoi pas maintenant, ma chère Toscane, puisque toi et moi ensemble, nous sommes devenues cette femme qui s'aime enfin. Mieux qu'une boîte de médicaments périmés comme dans la lettre de

Toscane, les mots soignent. Non, ils guérissent car dans GUÉRIR, il y a surtout RIRE *gaiement*, et embrasser la vie. Exactement la promesse que tu as faite à Toscane, Jacques, dans ta dernière lettre, tu te souviens ?

Chère Toscane,

Si je vous livre le feu sacré *qui éclaire, c'est avant tout pour vous faire sourire et rêver. Car, voyez-vous, l'anagramme est une* farceuse. *Une faiseuse de tours. Elle transforme le hasard en providence. Et moi de m'écrier : « C'était écrit ! » Alors allumons quelques bougies.*

La première bougie que je souhaite allumer est pour toi, ma chère Valérie, mon éditrice, sans qui ce premier roman n'aurait vu le jour. Merci pour ta confiance renouvelée. Merci pour cette nouvelle aventure vertigineuse, celle d'*Après l'orage*.

Merci également à toi, ma chère Slavka, mon attachée de presse, précieuse, joyeuse et réconfortante. Notre rencontre est un cadeau de la vie.

Merci à toi, chère Karine, pour ton œil redoutable, acéré et toujours bienveillant. Merci à Clotilde, Nathalie, Vivien, Victoire, Sophie et toute la formidable équipe Flammarion et Arthaud.

J'offre une bougie grande comme ça à mon Amoureux, à toi JF, qui éclaire désormais mes jours et mes nuits. Tu m'as appris à conjuguer le verbe aimer, de la plus belle des manières, au présent et sans anagramme. Et au creux de tes bras. Rien que tes bras.

Il y aura toujours une bougie allumée pour toi, mon Claude, où que tu sois. Elle scintille par-delà l'arc-en-ciel. Elle veille sur toi à chaque instant. Tu nous manques, à tous les trois, si fort.

Pour vous, mes enfants, mes merveilles, mes trésors, à toi Mathilda, à toi Esteban. Vous illuminez chaque jour mon chemin et lui donnez un sens, celui de vous regarder grandir. Vous êtes les soleils de ma vie, mes astres éternels. Je vous aime.

À mes très chers parents qui sont à la source de ce que je suis, vivante et vibrante, parfaitement imparfaite. Merci de tout mon cœur. Vous êtes ma petite lumière intérieure qui ne s'éteint pas et qui réconforte par tous les temps. Pensez à offrir de ma part une bougie au commandant Wallyn de Dieppe et à sa belle Hélène.

Une bougie pour vous trois, chers Emmanuel, mon grand frère, Mélanie et Pauline. Je sais qu'elle brille de l'autre côté de l'Atlantique.

À vous aussi, chers Camille et Imanol, Josie et Marco, sur vos belles terres limousines.

Pour vous, Max et Milo, nos deux petits princes de la maison.

J'en garde évidemment une pour toi, mon amie magnifique, ma meilleure amie, ma sœur de cœur, mon âme sœur, ma Claire. Qu'il est merveilleux, doux et réconfortant, ce lumineux chemin à tes côtés. J'embrasse les hommes de ta vie, Fred, Alexis et Aurélien (qui a inspiré le prénom du fils de Toscane).

Une autre bougie pour toi, ma si chère Chantou, et notre fidèle trio d'amies inséparables.

Quatre bougies pour vous bien sûr mes chers amis, Étienne, Julie et vos lutins Mathis et Manon.

Pour toi aussi, chère Agnès, pour ton cœur gros comme ça et tes larmes quand je t'ai confié la lecture des premières pages de ce livre. Je t'embrasse fort également, ma tendre Gwen.

À vous, chères Dorothée et Rosalie, dont j'ai croisé le chemin et découvert les livres, la première fois, à Malo-les-Bains, sur nos terres. Depuis, vos sourires scintillent dans ma vie.

Pour toi aussi, mon cher Pascal, mon complice et réalisateur de notre émission *Entre vous et moi*. Pour ta poésie, ton talent et ta générosité et cette belle aventure des mots, entre toi et moi, que nous partageons sur notre chaîne.

À vous, chère Émilie B., qui continuez d'éclairer avec humanité, infini soin et patience ma vie depuis l'orage.

Merci à toi, mon cher Philippe, pour ta présence indéfectible dans ma vie et ton amitié généreuse.

Merci pour votre lumière sur mon chemin, cher Patrick B., quand il a fait quelquefois un peu sombre.

Merci à toi, Virginie, pour nos séances de yoga régénérantes qui ont inspiré Toscane. Merci à vous, Véra, pour ces moments de calme et de méditation sous vos mains de fée.

Merci à toi chère Nathalie, pour notre rencontre émouvante, ton énergie incroyable et notre invincible fleur du désert.

Une bougie brille pour toi à jamais, mon cher John Fowles, comme cette broche d'or et d'ébène sur le revers de ma veste, en souvenir de Sarah, « la maîtresse du lieutenant français » de Lyme Regis et du Cobb.

Pour toi aussi, mon cher Richard, mon professeur d'anglais, mon confident, mon ami. Avant de partir, tu m'as fait te promettre de poursuivre ma route à ma manière. Tu le sais, je tiens toujours parole. Alors voilà : « *I did it my way, my Richard.* »

J'en allume une dernière, pour toi, mon JP, mon Jean-Pierre, mon ami. Je suis certaine qu'elle éclaire ton ciel immense là où tu reposes désormais, aux côtés de Claude et de Richard. En souvenir de nos années complices, joyeuses, inspirées et authentiques sur le plateau de ton JT.

Enfin, à toutes et tous qui découvrez ce livre, je vous offre mon soleil et vous souhaite de tout cœur de vous aimer enfin.

Annexes

Lettres échangées entre Toscane et Jacques

Cher Jacques,

Je m'appelle Toscane. Je suis violoniste. Il y a quelques mois, j'ai rédigé une lettre d'adieu à Victor, mon meilleur ami, celui qui partage désormais mes jours et mes nuits, Victor et Toscane, Toscane et Victor. Je voulais disparaître, ne plus souffrir, ne plus faire souffrir. Un mélange de médicaments et de vin. Ne plus jamais faire glisser l'archet sur les cordes de mon violon. Mourir au monde et m'endormir, rideaux tirés.

Et puis, un mot est venu tout bousculer, comme un ricochet sur les lettres de mon prénom, NAÏVE. « Toscane est naïve, tu es naïve. » Chaque lettre a résonné en moi, a cogné fort. Naïve. Victor a choisi ce mot, non pour me faire souffrir, mais pour me faire revenir à la vie. Comment, où trouver cette force ? Dans les mots eux-mêmes sans doute, dans mon prénom, dans la musique.

Je vous écris car nous lisons vos anagrammes, Victor et moi, pour sourire, pour saisir les sens qui se cachent derrière certains mots, comme des enfants à la recherche d'un code crypté, pour redonner sens à la vie. Vos trouvailles joyeuses, généreuses et pudiques jouent à cache-cache avec chacun de nous. Elles m'aident à quitter l'ombre pour préférer le soleil. Elles sont des bougies qui m'éclairent quand le chemin s'assombrit.

Ces mots, je vous les livre. Je les partage avec vous. Ils marquent les étapes de ma renaissance. Celle d'une femme qui comprend que pour aimer la vie, il faut qu'elle apprenne à s'aimer elle-même, en entier, parfaitement imparfaite.

J'ai découvert la langue des oiseaux dans un article de journal, un matin de soleil. C'est si joli, une mésange… mes anges… Vous ne trouvez pas ?

Je suis naïve, en vie, et déterminée à le rester. Je ne sais toujours pas pourquoi j'ai choisi le violon. Sa musique me transporte, sa sonorité aussi, ma vie… au… long… cours… Toscane et son violon. Je suis plus que jamais vivante, vivante, comme cette vie qui me hante… J'ai compris que pour aimer Victor, il fallait que j'apprenne à m'aimer. Je suis devenue celle qui s'aime enfin et ça fait du bien.

J'ai aussi voulu rencontrer Laure sur mon chemin. Elle est peintre. Notre rencontre n'a jamais pu se faire. Une erreur de date sur mon agenda, un train pour l'Ariège et un quai vide à l'arrivée. Je ne ferai jamais la connaissance de Laure. Elle m'a adressé un message après notre rendez-vous manqué. Elle m'a dit de me faire confiance, que nous ne devions sans doute pas nous rencontrer ce jour-là. Que j'avais plutôt rendez-vous avec moi-même. C'est joli comme message, se donner rendez-vous à soi-même, prendre le temps pour soi.

J'écoute en boucle « La Chanson d'Hélène », tirée du film Les Choses de la vie *de Claude Sautet, et cette phrase de Michel Piccoli à Romy Schneider : « Il va falloir changer de mémoire. » Vous la connaissez, cette chanson ? C'est exactement ça, la garder au chaud, en soi, cette mémoire, pour avancer et s'extirper des souvenirs qui lestent et ralentissent. Comme la disparition de mon mari dans un accident de voiture sur une route de Bourgogne. Sa voiture a heurté le tronc d'un bouleau.*

Apprendre à avancer, légère, confiante et naïve. Libre.

Il est également question de résilience, de Cyrulnik sur mon chemin. Je trouve que dans ce mot, « résilience », on entend « rire en silence ». Rire de la mort pour bouffer chaque minute de cette vie qui reste. J'aime aussi ce mot, « merveilleuse », une mère veilleuse, puisque je suis enceinte désormais. Victor a déposé un petit mot sur mon oreiller ce matin-là quand je lui ai annoncé qu'il allait devenir père : « Tu seras merveilleuse. » Immédiatement j'ai pensé à ce livre de Christian Bobin, La Plus que Vive, *et ce lumineux passage à propos des meilleures mères et des mauvaises mères. Il est si juste et bienveillant. Il n'enferme pas dans une case. Notre fils à naître s'appellera Aurélien, d'Or et de Lien, comme son grand-père.*

Je sens que j'ai besoin de revoir ceux qui m'ont donné la force de chercher, de fouiller tout au fond de moi et de la trouver, cette étincelle de vie qui a veillé et ne s'est jamais éteinte. L'or en soi. Alors que je vous écris, je pars en Angleterre retrouver un vieil ami chef d'orchestre qui m'a vue grandir et devenir la musicienne que je suis. Je veux lui dire merci. Lui dire que j'ai enfin trouvé le sens du mot « violon », ma VIE AU LONG COURS, celle que j'aurais pu foutre en l'air si je n'avais pas pris le temps de comprendre.

Je vais revoir Rémi aussi, l'invisible du métro que j'ai rencontré un jour, station Les Halles. Il a suffi d'un concert sur le quai pour que cet homme retrouve un visage, reprenne son souffle, guérisse ses souffrances. Il avait une blessure sanguinolente sur le bras. Des larves de mouches sur la plaie d'une blessure. J'ai hâte de lui présenter Victor. Peut-être Rémi pourra-t-il un jour retrouver foi en la vie, et apprendre à revivre parmi les vivants.

Voilà. Je voulais que vous receviez ces mots, cher Jacques. Les partager avec vous.

Merci.

De tout cœur.

Toscane

Chère Toscane,

Vous écrivez que Victor vous trouve « naïve ». Il a peut-être raison, votre Victor. Et si « naïve *», dont l'antonyme serait «* vaine *», était un compliment ? Le plus délicat qui soit ? Immédiatement je pense à ce livre d'Eugène Fromentin, intitulé* Dominique *: « Soyez naïf dans vos sensations. Qu'avez-vous besoin de les étudier ? N'est-ce point assez d'en être ému ? » Ah, Toscane, soyez naïve, native, imaginative ! C'est ainsi que Victor vous aime. Étonnez-vous de tout ! La* langue des oiseaux, *la musique* ou le sang des aïeux, *à votre guise. Mais étonnez-vous !*

Me voilà déjà rattrapé par le démon de l'anagramme. Mais c'est vous qui l'avez voulu, chère Toscane. Si je vous livre le feu sacré *qui éclaire, c'est avant tout pour vous faire sourire et rêver. Car, voyez-vous, l'anagramme est une* farceuse. *Une faiseuse de tours. Elle transforme le hasard en providence. Et moi de m'écrier : « C'était écrit ! » Alors allumons quelques bougies.*

Vous écrivez « la garder au chaud, en soi, cette mémoire »… Maintenant je sais comme le souvenir *remonte avec* le soir venu. *Mais vous, Toscane, vous êtes au midi de votre vie. Ce qu'il faut, c'est fermer le livre. « L'histoire n'est plus à suivre et j'ai fermé le livre », murmure doucement Romy Schneider dans la chanson que vous écoutiez en boucle dans votre voiture en panne. Pour n'être pas l'esclave martyrisée de* la mélancolie, *fermez-le ! Fuyez au plus loin* l'île monacale *où rien ne trouble les jours et les nuits, asile charmant des inconsolés !*

Ce qu’il faut, c’est « rire en silence ». C’est vous qui l’avez dit. La résilience, *qu’est-ce ? Un* ciel serein *peint sur le plafond d’une salle d’attente d’unité de réanimation… Vous étiez au bord d’une falaise, prête à tomber, quand une mésange a dardé son cri par-dessus l’abîme. Ce jour-là, la vie vous a appelée. Alors soyez heureuse.*

À vous, Toscane.

À celle qui s’aime enfin *et chuchote :*

Il est retrouvé. Quoi ?

Le lien qui me fascine.

Jacques

Les anagrammes de Jacques Perry-Salkow au fil du roman

L'origine du monde, Gustave Courbet
Ce vagin où goutte l'ombre d'un désir

Leonard Bernstein
L'art de bien sonner

C'est ainsi que les tripes ne sont pas sans esprit, les morues sans mœurs, le pirate sans patrie, le sportif sans profits et l'étreinte sans éternité.

Toscane
Son acte

Langue des oiseaux
ou le sang des aïeux

Résilience
Ciel serein

Le souvenir
Le soir venu

La mélancolie
L'île monacale

À celle qui s'aime enfin
Le lien qui me fascine

Des larves de mouches sur la plaie d'une blessure
Rudes souvenirs de la place brumeuse des Halles

Le violon de Toscane
Le son de l'évocation

La ville aux mille tours
Rome, villa aux tilleuls

San Gimignano et les mille tours
Les Italiens mignons et glamour

San Gimignano et les mille tours
Les gentils gitans, l'amour en moi

San Gimignano et ses mille tours
Les murs ont gémi. On se signait là.

La naissance de Vénus
Ce sein nu dans la vase

Les anagrammes de Jacques Perry-Salkow au fil du roman

Sandro Botticelli
« Bonsoir », dit l'Éclat.

Valentine,
Invente-la !

Reconstruire
Résurrection

L'amanite phalloïde assiste placide à votre suicide
Toscane lisait. Sa vie découlait de la phrase limpide.

Dominique et Toscane.
Est-ce toi en moi ? Quand ?

Et je ne résiste pas à l'envie de partager ce dernier clin d'œil de Jacques !

Dominique Lagrou Sempere
Songe empirique de l'amour

Références

Karol Beffa et Jacques Perry-Salkow, *Anagrammes à quatre mains, une histoire vagabonde des musiciens et de leurs œuvres*, Actes Sud, 2018.

Christian Bobin, *La Plus que Vive*, Gallimard, 1999.

Boris Cyrulnik, *Sauve-toi, la vie t'appelle*, Odile Jacob, 2014.

—, *Un merveilleux malheur*, Odile Jacob, 2002.

Valérie Florian, *Carpe dis aime, recueil des roses de la vie*, TheBookEdition.com, 2015.

John Fowles, *The French Lieutenant's Woman*, Harpercollins, 1971.

Rosa Lyre, *Langue des oiseaux, alchimie et franc-maçonnerie*, TheBookEdition.com, 2022.

Friedrich Nietzsche, *Ainsi parlait Zarathoustra*, traduction Geneviève Blanquis, Flammarion, 2006.

Jacques Perry-Salkow et Étienne Klein, *Anagrammes renversantes ou le Sens caché du monde*, Flammarion, 2011.

Denis Westhoff, *Sagan et fils*, Le Livre de poche, 2022.

« Adagio pour cordes » (*Adagio for Strings*), pièce instrumentale de Samuel Barber, 1936.

« La Chanson d'Hélène », chanson composée par Philippe Sarde pour le film *Les Choses de la vie* de Claude Sautet (mais non retenue), 1970.

Les Choses de la vie, film de Claude Sautet, 1970.

Libertango, pièce instrumentale composée et interprétée par Astor Piazzolla, prod. Aldo Pagani, 1974.

« My Way », chanson interprétée par Nina Simone sur son album *Here Comes the Sun*, RCA Victor, 1971.

Imprimé en France par CPI
en février 2023

Cet ouvrage a été mis en pages par

<pixellence>

Dépôt légal : mars 2023
N° d'édition : 548497-0
N° d'impression : 173431